小学館文庫

舌の上の散歩道

團 伊玖磨

小学館

舌の上の散歩道　目次

カバー装画・装丁　南伸坊

舌の上の散歩道

舌の上の散歩道

昼食に、自家製のカツ丼の大盛りを、お代りして二杯、もりもりと食ったので、動けなくなって、机の上に頬杖を突いた儘《まま》、庭に一杯になった春を眺めていたら、急に、訳《わけ》も無く、妙な事が気になり始めた。生まれてこの方《かた》、今迄に、一体、何回食事をしたのだろうかという事が気になり始めたのである。そこで、疑問は残して置かないという平生《へいぜい》の習慣に従って、早速、計算に取り掛かった。

僕が生まれたのは大正十三年。従って、僕の年齢は、昭和の年号に一を足《た》せば良い理屈で、今年は昭和五十一年だから、僕は五十二歳という事になる。然し、幾ら食いしん坊の僕でも、生まれてから一年位は、母親のおっぱいにぶら下がったり、せいぜい重湯《おもゆ》程度の物を啜《すす》っていたと思うので、そういう状態は食事とは言えぬから、生まれた年の一ヶ年は差し引いて、五十一年を日数に換算してみたら、大体、一万八千六百十五日という答えが出た。そこで、一日三度の食事の回数は、その日数の三倍、つまり、五万五千八百四十五回という事になった。

嗚呼、五万五千八百四十五回。これが泣けど叫べど、僕の、今迄に摂った食事の回数なのである。

この数字を見て、僕がはじめに感じた印象は、半生の間に、相当度色々な物を食べて来たという自負心に対して、一寸《ちよつと》この回数が少な過ぎるような気がした。何だ、あんなに色々な食事を一所懸命に食べて来たのに、未だたったの五万何千回だけしか飯を食った事が無いのか、今迄に食べた数々の食事、遠足の御弁当の握り飯も、アルミニュームのぺこぺこの食器に盛られた兵隊の時の食事も、鰻も、鋤焼《すきや》きも、中華料理も、西洋料理も、何も彼も、そして、歩き歩いた国々での美味しかった、珍らしかった料理も、全部が全部、五万数千回の食事の中に入ってしまうのか、そんな気がして、何だか淋しいような気持ちになった。然し、暫《しば》らくそんな気になったあとで、今度は、別な考えも持ち上がった。

一口に五万回だ六万回だと言うと大した事じゃ無いようにも思えるけれども、実体として、五万五千食を考えれば、矢張り、一寸これは大変な量じゃ無いだろうか。一食を一メートルおきに並べたら、五万五千メートル。これは富士山の高さの十倍より遙かに長い。一食に平均二杯宛《ずつ》飯を食ったとしたら、約十万杯の飯を胃の腑に納めた事になるし、一食に三、四十分宛を食う事に当てたとすれば、五万五千回の食事は、通算約一千二百日となり、驚ろく勿《なか》れ、一生の中の約三年を、僕は食い続けていた事となる。こりゃ大変な事だ。

色々と考えているうちに、どうやら、僕の興味は、これから先きの事に移って行った。五十二歳。これは昔では一生であったが、今では、人生の半ばである。幸いと健康だし、僕が老人になる頃は、医学や薬学が発達して、きっと平均年齢も高くなると思うから、五十歳の倍の、百歳位迄は、自動車《くるま》の下敷きにでもなって不慮の死を遂げぬ限りは生きていそうである。そうなると、僕のこれから先きには、再び約五万回の食事が約束されている訳で、これは先刻の考え方に依って、えらく少なくも思えるし、えらく多くも思えるのである。

さて、そこで、この残り五万回を如何にして充実し、如何にして、後悔無く、満足の行くような方式で食うか。その事に対する計画を樹てなければ、そう思った。

充実した食事、それをまず毎回考える事を始めよう。千里の道も一歩から、五万食も第一食から。そして、そのために、これからの食事のために、自分が過去の五万五千食の中で経験して印象深かった食事を思い出し思い出し、原稿用紙の一枚々々に、舌の上に自分が行《おこな》って来た散歩を記してみよう。これが、この随筆集「舌の上の散歩道」の心である。

再び、頬杖を突いて、窓の外を見る。春、窓の外は、脹らみに脹らむ春で一杯である。

あざらし

沢山《たくさん》沢山色々な物を食べた末に、もう何《ど》うにも、一口も食べられぬ、否《いや》、食べられぬどころでは無い、呼吸《いき》をするのも苦しいし、動く事も儘《まま》ならぬ、もう駄目だと思う事が、僕には三日に一度位あって、家族の者や友人は等しくそんな僕を心配して、沢山上がりたい気持ちも判らないでは無いですが、昔から腹八分目と言われて居ります通り、満腹の一歩か二歩手前で召し上がるのを止められた方が良いのではないですか、などと忠告するのだが、そんな詰まらぬ意見などに従うこちらでは無い。いや、食べて美味《うま》いと思う以上は、倒れて後止む。人生必要なものは気概である。撃ちてし止まん。もう一杯鰻丼《うなぎどんぶり》を持って来い。持って来て呉れ、持って来て下さい、お願いだ、お願いです、食べさせて下さいな、恩に着ますよ、あゝ、有り難う、有り難う、というような事となり、食べ過ぎて、上向きに引っくり返り、呼吸も苦しく、天井を見てじっとしている運命となるのである。

こういう時に、僕は、何を考えるかというと、実は、何も考える事など出来ないでいる。唯、一つだけ、体感する事があって、そんな時に、僕は、自分があざらしになっている気分なのである。

何故か判らない。僕は飽食の末、ごろりと引っくり返って天井を見ている時、そういう時は、約三日に一度位あると僕は先刻書いたが、そういう三日に約一度の時間、僕は、あざらしとなって、極北のどんよりとした曇り空を見ている心地に浸るのである。何故あざらしであるのかは良く判らない。然し、その時僕はあざらしであって、恐らく、ごろりと引っくり返って天井を眺めている己が姿が、腹のあたりが何と無く締まり無く脹《ふく》らんだあざらしの姿を連想させるのであろう。

数年前の秋、ふらりとアラスカの独り旅に出た。アラスカは美しかった。空気が何処までも澄み、南の方はポプラと白樺の黄葉が見はるかす続いていた。大地震のあったアンカレッヂの街、その北のフェアバンクス、且つてのゴールド・ラッシュの夢の跡のノーム。方々を歩いた。一番北の街に行って見たくなった。小さな飛行機の便を得て、パルカという毛皮を頭から被って、北極圏の小さな町バロー、そしてそのバローの町から二粁《キロ》程北に歩いた海辺の岬、ポイント・バローに行った。番小屋のようなホテルと称する木賃宿が一軒だけあったので其処に泊った。窓の前は、十月だというのに雪の原が続き、雪の上で、毛皮に包まったエスキモーの子供が遊んでいた。宿には食堂は無く、毎食、町の食堂まで雪の上を歩いて通った。

Alaskan King Crab（アラスカたらば蟹）Rein-deer Steak（馴鹿《トナカイ》のステーキ）Seal Steak（あざらしのステーキ）。これらを僕は賞味した。アラスカのたらば蟹はそれ程美味では無かった。乱暴に冷凍してあるからなのである。何しろポイント・バローは北極圏。パーマ・フロースト と言って、一年中地面は凍り付いた儘である。どの家にも、地面を四角に掘った穴があって、その中に投げ込んで置けば、何でも冷凍されてしまう。蟹など、何年前のか判りはしない。ところが、そんな乱暴な冷凍などはされない関係で、馴鹿のステーキは驚ろく程美味だった。大きなステーキで、真中に、僕の腕位の丸い骨の切断面が嵌《は》め込んだように入っていて、その骨の輪の中の髄がぷりぷりとして特に美味いのである。その髄を取り出すための小さな匙も付けて呉れて、そのジェリーのような髄も加えて、これは絶品であった。

あざらしは、稍《やや》、魚臭い感じがしないでも無かったが、これも好きであった。食堂の外の板壁には、馴鹿の角や、開いて剝がしたばかりのあざらしの皮が貼ってあったりして、其の上に、ちらちらと粉雪が舞っていた。

例の悪癖が起きて、或る日、昼食に、僕は馴鹿のステーキを食べた上に、あざらしのステーキを二人前食べて動けなくなった。宿への帰り道、僕は、宿の前の雪原に出ると、飽食のためにほてっている身体《からだ》を雪の上に投げ出した。極北の空は鉛色に低く垂れ籠《こ》めていて、まさに、僕は、ごろりと雪原上に身を横たえたあざらしそのものだった。

あざらしを食ったあざらしが此処に居る。

僕は奇怪な幻想に浸っていた。

雪原の向うの殆んど黒い北極海には流氷が流れ、その上には点々と、本当のあざらしも見えているのである。

あざらしの気持ちは本当にこうなのだ。僕はそんな取り止めも無い事を考えながら、随分長い間、雪の上にごろりと横になった儘、北極圏の雪の冷たさを楽しんでいた。

羊・羊・羊

美味《おい》しい羊を食べたいと思うけれども、美味しい羊は日本に居らずに、不味《まず》い羊ばかりがうろうろしているらしく、これはと思う羊を舌の上に載せた事があまり無い。これは誠に残念な事、無念な事である。

然し、考えてみる迄も無く、これは羊の責任では無さそうである。きっと、飼い方と餌の問題、つまり、人間の責任と、湿気の多い日本の風土が原因しているらしい。

昔、ロンドンに下宿していた時に、大いに羊に凝《こ》った事がある。何で羊に凝る事になったかと言うと、下宿のお婆さんに影響されたからであって、その七十幾つかになるお婆さんが言うには、イギリスの羊は世界一であって、誠にやんごとないものである。これを食べないようでは、話しにも何にもならぬ、大いにこれを食し、イギリスが如何に偉大なる国であるかを理解せよと、自炊のために絶えず台所の中をうろついていた僕に迫ったのである。そこで、肉屋に赴いて、羊肉を購《あがな》い、ラーム・チョップをこんがりと焼く術《すべ》を研究するようになった。

英語では、羊の総称は Sheep、牡羊は Ram 牝羊は Ewe 小羊は Lamb 但しこれは動物を意味する場合であって、肉の時には総称 Mutton となり、小羊の肉だけは生きている時と同じく Lamb と言われ、柔らかくて上等なために Mutton と区別される。従って Mutton は成長した羊を意味していて、如何にも不味そうである。東京のレストランでは恐らく英語の無知のためと、日本人独特の R と L の区別の無さのためであろう、時々 Ram と書いてあって、西洋人は胆を潰すし、如何にも年をとった牡羊の固い肉が想像されて食べる気がしない。

下宿のキチンには、極く旧式の天火が備えてあったので、半年程のうちに、僕は、色々と火の工合を研究した結果、自慢出来る程にラーム・チョップを上手《うま》く焼けるようになった。骨付きのラーム・チョップがこんがりと焼き上がった時独特のあの匂いは、僕の若かりし日のロンドン生活の思い出の一部を成している。

ラーム・チョップを上手に焼けるようになった僕を見て、下宿のお婆さんは大いに満足らしかったが、可笑《おか》しな事に、ロンドンで売っている羊の肉は、イギリスの牧草地から来るのでは無くて、南米のペルーから冷凍されて送られて来る輸入物が殆んど大部分だという事を、僕はある日肉屋の親爺から聞き込んだ。

「イギリスの羊は世界一ですよ。美味しいでしょう。イギリスは立派な世界一の国です」いつもそう力説してやまない下宿のお婆さんには、然し、僕は、これらの羊がペルーあたりから送られて来るものである事は言わないで置いてあげた。ペルーの羊が美味しくて、ペルーが世界一になっては、この愛国心の強いお婆さんが困るだろうと思ったからである。

その後、アラビヤを旅していた時には、本当に美味しい羊を沢山食べた。あの辺は回教国の事とて、豚は絶対に食べず、牛は高価なので、羊ばかりを食べ、これが実に美味なのである。

イラクで親しくなったアラビヤ人の友人は、「イラクの羊は世界一です。羊は、雨で濡れた草を食べると妙な匂いが付いて、不味くなります。ヨーロッパや南米の羊などは臭くて食べられたものではありませんよ。その点、雨の降らぬこの国の羊は世界一です」と得意だった。

僕は、その友人の言が正しいか何《ど》うかは知らない。だが、妙に、羊が世界一に関係があって可笑しいと思った事と、愛国心の強い心算《つもり》の僕にしても、日本の羊は、どうひいきめに見ても世界一とは言えずに、残念な事であると思ったのである。

〝名も知れぬ〟

名も知れぬ草花が咲き——、このような文章が目に触れる事がある。

名も知れぬ小鳥が鳴き——、このような文章が目に触れる事がある。

このような文章を書く人の顔が見たいと思う。このような文章を書く人は、余程の怠《なま》け者か、余程頭の悪い人なのだと思う。怠け者、頭の悪い人、その典型の顔を見たいと思うのは、何によらず、典型の顔というものは見て面白いからである。

どんな野末の草花にも、どんな目立たぬ小鳥にも、ちゃんと名前があり、生活史があり、人間との何千年、いや、何万年のかかわり合いがある。そんな事は、調べればすぐ判るし、その位の努力をする事は、文章という、書いた人間が死んでも、以後永久に残る作業に携わるのだとしたら、その前に具えていなければならぬ資格であろうと思う。

あゝ、それなのに、
〝名も知れぬ草花〟
あゝ、それなのに、
〝名も知れぬ小鳥〟

これでは、草花も、小鳥も浮かばれまい。知らないのは勝手である。暗愚である事も、自由の世の中では許されるのであろう。だが、暗愚である事をひけらかして、他人迄を不幸と不安に陥れて呉れては困ってしまう。

野原を歩く、そこに生えている草、咲いている花の名前が判らない。森を歩いて、触った幹の木の名前が判らない。小川に魚の影が走る、その名が判らない。もっとひどいのは、自分の食べている野菜の名が判らず、食べている刺身が何の魚かを判らない。

こういうものは、総べて判った方が良い。〝名も知らぬ〟草を食べ、〝名も知らぬ〟魚を食べる。つまり、〝名も知らぬ〟物を食べて、美味《うま》い、不味《まず》い、じゃ困ってしまう。

昔、ある時、路傍を歩いていて、雑草の名が判らぬ自分を見出して、その暗愚と無知の怖ろしさに気が付いた事があった。何年もかかって、雑草を判る努力をした。今、僕は、雑草の名前、そしてその雑草と人間の結び付きを殆んどすべて知っている。そして、僕は、大きな幸福を知った。何故なら、雑草が皆友達になったからだ。

昔、雲の名前を知らなかった頃、僕にとって、空は、美しいけれども、遠かった。雲のすべてを知ってから、空は、僕の大事な心の庭になった。何故なら、いろいろな種類の雲達が、僕に笑いかけながら、上空を横切るようになったからだ。

小鳥達もそうだった。獣達もそうだった。貝類も、魚も、昆虫も、知った時に、皆より近く、より親しい友達になった。

〝名も知れぬ〟こんな怖ろしい言葉は追放しよう。こんな言葉は、ロマンティックでも何でもありはしない。只、暗愚の悲しみを撒き散らし、人を不幸にするだけだ。

中国を旅していた時、朝から晩迄、毎食ごとに十数品出て来る油料理の御馳走を、何故厭《あ》きないかを不思議に思った。コックさんにその理由を訊いて答えを得た。

「若《も》し、一種類か二種類の油でこれだけの品数の料理を作れば当然お厭きになるでしょう。然し、私達の作る料理は、一つとして同じ油は使いません。全部油の種類を変えるのです」

ラード（豚の脂肪）、ヘット（牛の脂肪）、種油、胡麻油、南京豆の油、オリーブ油、牡蠣《かき》の油、榧《かや》の油、魚油、etc, etc。

知れば知る程、世界は楽しくなるものだと、僕はその時も思った。

海藻

僕は海藻を殆んど食べない。

子供の頃から、海岸に縁の深い生活をして来たためなのだろう。海藻などは、浜辺に落ちているごみのようなものだという先入感が強く、未だに、海藻を見ると、穢《きたな》いと思い、あんな、ぬるぬるして小穢い半腐れのごみが食えるものかと怒るのである。

海藻は、それに、匂いが厭である。浜辺を歩いていると、打ち寄せられた神馬藻《ほんだわら》や荒布《あらめ》が濡れ腐っていて、小さな虫どもがその上をぴんぴんと跳ねていたり、もぞもぞと這っていたりして、近くを通るだけでも、その不潔ったらしい匂いが鼻を突く。その匂いと、食べる海藻の匂いは、同属のよしみでなのだろう、全く同じでは無いにしても、似ていて、どうしても、僕は海藻を食べる気がしない。だから昆布も、若布《わかめ》も、鹿尾菜《ひじき》も、海髪《おご》も、僕は大嫌いである。水雲《もずく》などに至ると、あんなのは、蛔虫か蚯蚓《みみず》の類に思えて、食べる位なら死んだ方がましだと思う。

子供の頃から、だから、海藻は食べなかった。ところが、そのせいかどうかは無論判らないのだが、小学校の五年生の頃から、頭に白髪《しらが》が混じり始め、中学生の頃は、その白髪が勝手に増殖して、相当の若白髪となり、友達も、おい、そりゃ一体どうしたんだね、と言い、きっと、こりゃ、君が海藻を食べない事が原因だぜ、少しでも良いから、海藻を食え、食え、と奨めるのだった。そこで、こちらは、ますます意地となり、あんなごみのようなものが食えるか、食えるものか、と力みかえり、力みかえるが程に、白髪の方は、それに比例して増殖を続けるのだった。

ところが、そこが勝手なのだが、姿が見えなければそれ程気にならず、昆布のだしで煮たものは食べているし、姿が変わるためなのだろう、海苔《のり》は食べる事が出来る。若しも、海藻類を食べぬ事が原因で白髪が増えるという俗説が正しいとすると、僕の白髪が百パーセントの純白にならないで止まっている理由は、きっと、僕が、昆布のだしと海苔だけは摂っているためだろうと思う。

新しい床屋に行った。職人が、仕事に取り掛かる前に、じっと僕の頭髪を見ている。そこで、ははあ、僕の若白髪に魂消《たまげ》ているのだな、と思い、

「相当な若白髪だろう」

と言ってみた。

ところが、職人答えて曰《いわ》く、

「旦那のお年ですと、もう若白髪じゃないね、こりゃ立派な本白髪でさあ」

僕は、しゅんとして、職人が頭髪をじょきじょきと刈るのを、鏡の中に見ながら、畜生奴、海藻の奴等が仇を討ちやがったな、と口惜しがった。

それにしても、海藻を摂らぬと白髪になるとは本当だろうか。海藻を食べぬ僕にとっては、その俗説が一寸ばかり気に掛かるのである。ただ、無理をして、馴れぬ海藻を食べて、白髪が真黒になった途端に、今度は、つるりと禿げでもしては大事だと思うので、いずれにしても、海藻は食べぬ儘でいようと考えている。

草の味

今年の春は、随分野草を食べた。

暫らく前から、何《ど》ういう訳か、周囲の野生植物を詳しく知りたくなって、知るからには正式に知ろうと考え、数人の同志と相談して、横須賀市の博物館の大谷茂先生に指導をお願いして、一ヶ月に一度ずつ、三浦半島の野原や山を歩いては、長い間疑問に思いながらその儘にしていた、植物に対する知識を吸収する会を始めた。そのために、今まで漠然としていた周囲の草や樹木が明瞭に眼に映るようになり、知ってみると有毒植物もあるかわりに、食べられる野生の植物も意外に多いことを知った。そうなると、根が食いしん坊に出来ているところから、それでは食べてみようということが当然起こって来たのである。

その上、何《ど》うした事か、この春は、野草に関する書籍や図鑑が異状な程沢山出版され、山菜料理や、野草の食べ方などの本も幾種類か出たので、その種の書籍に刺戟された事も手伝って、片端から、食べられる野草、木の芽を食べた。

食べたものを列挙してみると、先ず野草は、ヨメナ、ハハコグサ、ムラサキカタバミ、ノカンゾウ、ツクシ、タンポポ、ハコベ、イタドリ、ミツバ、ウド、アシタバ、ダイモンジソウ、ニリンソウ、ハルジョオン、ヒメジョオン、ツリガネニンジン（トトキ）、ミズ、アオミズ、ダンドボロギク、ヨモギ、イヌガラシ、オオバコ、サルトリイバラとヤブガラシの蔓の先、ギシギシ、スイバ、ツユクサ、オオマツヨイグサの若芽と花びら、ナンテンハギ、スベリヒユ、カラスノエンドウ、スズメノエンドウ、クズ、ヤブミョウガ等々。木の芽は、アカメガシワ、ニワトコ、クワ、ウコギ、ノダフジ、サンショウ、マユミ、タラの芽等々。

ところが、問題は料理法なのである。山菜料理、或いは、野草の食べ方の本には、決まり切った食べ方しか出ていない事に僕は気が付いた。その多くは、一つまみの食塩を入れて茹で、それを水でさらし、そうしてあくを抜いた上で、その儘食べるか、油味噌にするか、などというのが基本型。もう一つは、天麩羅である。所謂《いわゆる》食料として作られている野菜と異って、野草の殆んどは、たしかにあくの強い物が多く、あく出しは無論必要だが、何でも彼でも、一つまみの食塩で茹でてから水でさらすのであっては、香りも味も一律に飛んでしまうのではないだろうか。そして、野草のための天麩羅は、固い葉を油の熱で柔らかくする事と、荒い舌ざわりを、衣で誤魔化すために用いられる料理法のように思われて、要するに、この二つの料理法は、たった幾つかの野草を除いては、そうすると美味《おい》しいからというのではなく、そうすれば食べて食べられぬ事はないという、つまりは救荒食料のような目的のものである事を知った。

食べて美味しいと太鼓判を押せるものは、まず、ニリンソウのおひたし、これはあく抜きは要らない。それから、スベリヒユを身にした味噌汁。ミズをたたいてとろろ風に作ったもの。アオミズを塩に漬けて、皮をむいたもの。そして、驚ろく勿《なか》れ、そこいら辺一面にはびこって嫌われるヤブガラシの蔓を細かく刻《きざ》んで佃煮風にしたもの、これは、ぴりっとした舌に来る感覚があって、吃驚《びっくり》するような発見だった。

野草を召し上がる事をお奨めしたいと思う。まず素晴らしい点は、材料はただである。今述べたような美味しいものもあるし、まだこれから僕も大いに料理法を研究したいと思っている。ただ、気をつけていただきたいのは毒草である。やはり、何事も、好事には魔が付き物なのであるから致し方ないと言えばそれまでなのだが、食べるという日常的な行為にも、矢張り学問的な基礎は踏まねばいけないという事なのである。一見柔らかくて美味《おい》しそうに見えるセンニンソウなどは、何処の路傍にも普通だが、食べたが最後、消化器の中に恐ろしい水泡が出来て苦悶するという恐ろしい毒草だから、勘に頼って野草を食べる事は止めた方が良いと思う。好事魔多しの、その魔をよく見抜く事が出来るようになった時に初めて野草を舌で楽しむ喜こびが訪れる、という訳なのである。

僕の日本回帰

今でこそ、落ち着いて仕事をしながら暮らしているけれども、僕の三十代は、殆んど、海外の放浪に続く放浪だった。

音楽という、海外の文化と密接な関係を持つ仕事に携わりながらも、打ち続く戦争と戦後の混乱で海外に出られず、鎖国にも似た状態が続き、言ってみれば、精神的な意味での不満症にいらいらしていたところへ、ようやく渡航が自由になった訳だから、欧州へ、アメリカへ、中近東へと、僕は十年間に約十回の海外の旅に出掛けた。それは、道楽や遊びでは無く、自分の仕事を見きわめるための、必要な、苦しい旅だった。

貧乏旅行を続けながら、兵糧が尽きると、ふうふうと日本へ帰って来た。そして、兵糧を稼ぐと、また、飄然と、外国の旅へ出た。

そんな僕を、女房は、悲しそうな、涙を一杯ためた目でいつも見送った。僕は、女房に、言い知れぬ程の経済的苦痛をかけた。葉山の海辺に取り残されて住んでいた彼女が、生まれたばかりの男の子を背負って、冬のさ中に海岸に落ちている海藻の屑を拾い、磯に付いている貧しげな貝を剝がして、それだけを食べ、何も買えないでいる事を、僕は外国の木賃宿で、日本から来た人に聞き、涙を流した。それでも、旅は続けねばならなかった。そして、苦しい旅は、続ける意味があった。

旅でなす可きすべては、だんだんに終り、僕は、自作のオペラを海外で上演するところまで漕ぎつけて、ある時、日本に帰って来た。そして、もう、放浪旅行にピリオドを打ち、苦労をかけた女房や子供を暖かくねぎらおうと思った。そして、そういう生活に入った。落ち着いた生活の中で、仕事は、新しい段階の実を結び始めた。

長かった海外の旅から帰った時、僕を最も惹き付けた食べ物は、今考えても不思議で仕方が無いのだが、海老《えび》の鬼がら焼きだった。丁度、最後の長旅で、歯を患い、ロンドンで大手術を受けて、堅牢な義歯を拵えた結果、戦争中から食べられなかった固い物が食べられるようになった嬉しさも手伝ったのだが、兎も角、車海老のてり焼きが美味《うま》くて美味くて何《ど》うにもならず、銀座の並木通りの「銀八」という飲み屋に通っては、何よりも、海老の鬼がら焼きを、頭から尾までぱりぱりと食い、鶉《うずら》の焼き物を脚まで良く焼いて貰って、ぱりぱりと頬張り、そういう物を好むようになったために、日本酒党になり、まさに、これこそ日本の味わいだと感歎し、自分が日本に帰って来た事を嬉しく体感するのだった。

僕の、味の上での日本回帰は、であるから、海老の鬼がら焼きからだった。

不思議な事なのだが、刺身を食べても、それは、日本の郷愁とは繋がらなかった。刺身は只、魚肉の薄切りとしか思えず、あれは、材料に過ぎなく思えて、料理と考えられなかったのである。

中国人の友達が言った言葉を思い出す。

西洋では材料が悪いために、何とかそれを食べられるように味付けするという、〝理〟だけが発達しました。日本では、材料の良さに頼って、材料を生かす事ばかりを考え、つまり、〝料〟だけの感があります。日本は料、西洋は理。料を理するという法、つまり料理は、矢張り中国が世界に冠絶していると思います。一寸、中華式思想だとは思うが、それでも、この中国人の友人の言は、ある意味で、真実を突いているように思える。

僕の味の日本回帰も、料理を求めたので鬼から焼きになったのであり、もっと材料だけを求めるのだったら、きっとお刺身になったのだろうと思う。

海亀

西洋料理のメニューの中で、青海亀のスープが最も上等な、そして高価な御馳走である事はずっと前から知っていた。

日本料理では、普通、海亀はあまり食膳に上らず、その代り、これ又上等で高価な御馳走としては、鼈《すっぽん》料理が上げられるだろう。鼈料理は、上等ばかりでなく滋《じ》養《よう》に富むと言われ、今言うスタミナ料理のはしりでもあった。料理をせずに、いきなり鼈の首を切り落とし、どくどくと噴き出る血を杯に受けて、呑み乾すのが一番です、などという話しを聞いた事もある。然し、これは話しだけで、やってみた経験は無いし、どの位精が付くのかは判らない。大体、僕のように精力絶倫な者が、そんなものを呑んだら、どんな事になるか判ったものでは無いし、寧《むし》ろ、こちらの生き血を鼈にでも呑ましたい程なのだから、この先きも、鼈の生き血を呑む事は無いだろうと思う。

さて、ところが、鼈の生き血は呑まぬにしても、僕は、青海亀の料理をいつも食べている。そうでしょう。そうでしょう。貴方のような方は、いつもヨーロッパに行かれて、きっと上等なお料理を召し上がっていて、高価な青海亀のスープなどを平気で上がっていらっしゃるのでしょう、などと早合点をなさっては不可無《いけな》い。威張る訳では無いし、威張る筋合いでは無いのだが、外国を旅行する場合、僕は至って吝嗇《けち》である。財布の中は殆んど空っぽで、我れながら貧乏旅行の天才なのじゃあるまいかと思う程なのだから、とてもとても、青海亀のスープどころの話しじゃ無い。

それなら、何処でその高価なものを食べているか、それは、僕の仕事場のある、八丈島で食べているのである。

僕の仕事場には、隣りの部落から、お手伝いの小母さんが通って来る。この小母さんが、ある時、新聞紙の包みをぶら下げてやって来て、「先生、これを召し上がりますか」と言う。

「これは何だね」

「海亀の肉です」

「ほう」

「美味《おい》しいですよ」

「どういう海亀だね」

「青です。青海亀です」

「ほほう、そりゃ有り難い。そりゃ有り難い」

というような会話があって、小母さんは、台所で、その肉を、ごとごとと煮始めた。見ると海亀の肉は、丁度豚肉と鶏肉の中間のような工合で、小母さんは、その肉を醬油と味醂《みりん》と生薑《しょうが》汁で煮ているらしく、仕事の机に戻った僕の鼻に、いとも美味しそうな匂いが流れて来るのだった。

夕食の際、僕は、海亀の煮付けがこれ程美味なものである事に驚ろいて、幼稚な表現を借りれば、頰っぺたが落ちそうになって、感激し、これは美味しい、大したものだ、と叫び、それ以来、手に入る度に亀の煮付けを小母さんに所望するようになった。

海亀は、周年八丈島の近海で獲《と》れるが、矢張り、数が獲れるのは、産卵期を中心とした夏から秋にかけてである。赤海亀は生臭《なまぐさ》いと言われ、青だけを食べる。小母さんは、未亡人である。或る夕方、小母さんは、亀の鍋を掻き廻しながら、私はサイパンからの引き揚げ者です。私の主人は亀獲りの漁夫《りょうし》でした。戦後、八丈に引き揚げてから、随分亀獲りのために無理をして、とうとう潜水病になって亡くなりました。亀獲りは、二人で組んで、一人は舟の上に居て、もう一人は水底に眠っている亀を銛《もり》で突くために深く潜るのです。私の主人は、潜る方の名人でした。その頃、よく主人の獲って来た亀の肉をこうして煮ては、子供達に食べさせました。亀を煮ていると、その頃の昔を思い出します。主人は良い人でした。小母さんはぽつり、ぽつりとそう話した。

小母さんが作って呉れる青海亀の煮付けの味が、素晴らしく美味しい理由を、僕は、この時に知った。波の作る光と陰の縞、そして、黒潮に生き続けて来た島の人達の歓こびと悲しみが、青海亀の煮付けの中に、味となって沁《し》み込んでいるのだ。

小母さんは、今日も、亀を煮ている。

香港の蟹

「何しろ、横断するだけで二日もかかるような大きな湖から、蟹《かに》がぞろぞろと上陸して来て、稲を食べちゃう」

「へえ」

「大群は、てんでに、自分の大きな鋏を振りかざして、稲刈りです」

「へえ」

「だから、お百姓さんは、丹精して育てた稲の大敵現わる、という訳で」

「片っ端から撲り殺す」

「……と思うでしょう。だが、そう思うのは素人《しろうと》で、お百姓さんは、怒るどころか、その蟹を大歓迎で、摑まえちゃう」

「摑まえて殺すという訳ですね」

「いや、何《なん》の何の、殺しては売り物になりません。傷を付けないように丁寧に摑まえて、売るのです」

「ほほう」

「この蟹は、気が荒くて、一緒にごちゃごちゃ入れて置くと、お互いに、大きな鋏を振り廻して喧嘩をして総倒れになるので、摑まえたら、一匹一匹藁《わら》で鋏の上から結んで、暴力を振るえないようにして、氷を入れた壺に詰めて、生かした儘送り出す。お百姓さんにとっては、稲の値段よりも蟹の値段の方が良いので、稲を荒らされても、蟹がやって来る方を歓迎するという訳です」

香港の友達、馬《マー》さんは、蟹が食卓に運ばれて来る迄の間に説明を続けた。僕は、上海と蘇州と無錫の間にあるというその大きな湖、陽澄湖《ヤンチャンフー》に行って、本当に蟹が稲を食べるなどという事があり得るかどうかを見たくなった。この蟹は、大閘蟹《ターツアーハイ》と呼ばれ、大閘とは、鋏が大きいという意味であると言う。

茹でた蟹が山盛りになって運ばれて来た。

「先ずですね、ここの所にこう爪を当てて押します」

「こうですか」

「そうそう、そうすると、ほれ、甲羅がぱくっと開くでしょう」

「成る程」

「そうしたら、この味噌を舐《な》めて、ちゅうちゅうと吸うわけです」

味噌は少しも生臭くなく、甘味が豊かで美味だった。味噌の次に、脚をぱちぱち潰《つぶ》してその中の身を、その次は味噌を舐めた後の胴体を割って、白い柔らかい身を、僕は息もつかずに食べた。今迄、種々の蟹を食べた中で、問題なくこの蟹は、最も美味な蟹だった。お代りをして、三匹を食べて、僕はほくほくしていた。

秋になると、この蟹が出廻るのを、首を長くして、中国中の人々が待つという気持ちが、よく判る気がした。こんなに美味しくては、首を伸ばした位では追い付かない。

「團さんは、良い時に香港に来られましたね。もう二週間早ければ、この蟹はまだ出廻らないのです。今がシーズンの始まりです」

「来年も、今時分又やって来ましょう。こんなに美味しくては、又食べたくなるに違いありませんもの」

「この蟹を生きた儘お酒の中に漬け込んで作るのが酔蟹です。召し上がった事がありますか」

「ええ、でも、茹でたのが一番ですね」

「それはそうですとも、余ったのをお酒に漬けるのですから」

僕達は、肩を並べて彌敦道《ネーザンロード》に出た。秋だというのに、暖かな夜気が、榕樹《ガジュマル》の並木の下を流れていた。

本当に来年も大閘蟹の出る頃に香港にやって来よう、そんな事を思いながら、中華人民共和国から鉄道で送られて来る蟹を、首を長くして待つという香港の人達の今の運命を、僕は考えた。

秋の桜

古来、夫持つなら團伊玖磨と言われている通り、僕は真面目な人間であって、余り真面目なので、石部の金吉つぁんの落し種なのではあるまいかと、ふと、思う事がある。

真面目な要素は種々あるが、その一つに賭博嫌いがあって、僕は、花札も、カードも、麻雀も、玉突きも、何も彼も嫌いである。あれらのものはゲームだから、何も賭けずにゲームだけを楽しめば良いなどと言う人があるが、すでに、ゲームというものすら僕は嫌いだから、こんな事を言われても駄目である。競輪、競艇、競馬、そんなものも大嫌いの大嫌い。宝くじや福引きも嫌いである。人生、営々と働かねばいかんし、下らぬ賭け事に時間など費す無駄はしたくないと思うからである。

然し、秋になると、時々競馬の新聞を買って、ぴかぴかした馬が、並んだり、走ったりしている写真を眺めて溜め息をついている事があって、これは何故かと言うと、僕は、生来、馬肉が大好物なので、どの馬が美味《うま》そうかと思って品定めをしている訳で、トキノミノルとかハイセイコーとか何とか、変な名前の付いている馬を殴り殺して肉にして、それを庖丁の背で叩きに叩いて、タルタール・ステーキを作って食う幻想に浸るのである。僕にとっては、であるから、競馬の写真は、メニューの如く唾《つば》を誘う魅力を持っている訳で、あんな食料が、走りっこをして、どちらが速いかなどという下らぬ事はどうでも良いのである。

タルタール・ステーキは、この頃ようやく日本のレストランのメニューにもちらほら見えるようになったから御案内だと思うが、タルタール、つまり韃靼《だったん》のステーキという意味で、昔々、成吉思汗《ジンギスカン》がユーラシヤ大陸を席巻していた頃、蒙古馬に跨《また》がった大軍勢が戦いながら敵を蹴散らし蹴散らして進攻する時に、馬が死ぬと、その馬の肉を切り取って、袋に入れて、自分の鞍の下に入れる。戦いを続けながら走る事二十哩《マイル》。鞍の下の馬肉はぐちゃぐちゃになって、誠に美味となる。それを時々摑んでは食い摑んでは食い、〽嗚呼！　成吉思汗は西東、阿修羅の如く進み行くう。ドドンガドンドン、という訳だから蒙古勢は強かったのだと思う。

それを真似て、ヨーロッパ、特にドイツでは、馬肉を庖丁の背で叩いて潰し、それに、鶉《うずら》の卵黄、微塵に切ったパセリ、玉葱、大蒜《にんにく》、ケイパーズ、少量の酢、バター、食塩、胡椒等を加えて練って、黒麵麭《くろパン》に載せて食べる。フランスでも食べるが、ドイツの方が本家である。割合いに高価な料理である。

それを我が家ではよく作って食べる。季節は、矢張り生肉を使う関係上、秋からが良く、馬肉が入手困難な場合は、致し方無く牛肉でも良いが、寄生虫が恐ろしいから、注意しなければならない。牛には寄生虫が居て、馬には居ないのだという事になっていて、馬だからこそ生食に適するのだと言う。本当かどうかは一寸怪しいと思うのだが、その事を証明するかのように、日本でも、馬肉は昔から刺身で食べる。馬肉は刺身と、鍋が美味い。吉原の見返り柳のところ、今はガソリンスタンドの向い側の馬肉料理、俗に蹴飛ばしと呼ばれる「中江」は、僕の好むところで、この刺身と、ざく（刻み葱）をふんだんにぶっかけて煮る「鍋」は美味で、限り無くお代りをして食べ狂う。これも「鍋」であるから秋からがシーズンだ。

馬肉の事を桜肉と言い、肉が桜色だからなどと嘘を言う人が居るが、これは誤りで、明治何年かの法律で、牛肉と馬肉を混合しないように、皮を剝《は》いだ丸の肉に、牛は四角の焼判を、馬には桜の形の焼判を押す事が決められたからである。

秋。それは、僕にとっては馬肉のシーズンの始まりである。丁度その時は、競馬のシーズンの始まりでもある。であるから、競馬の写真は、唾を誘うメニューとなり、秋は、僕にとっては、春とともに桜のシーズンなのである。

鰻

まことに鰻は好物で、だから、一週間に何回かの昼食を、僕は鰻丼もしくは鰻重にする。鰻は高価であるが、かえってあまり上等ぶって、蒲焼きと御飯が別々に来るような出され方をすると美味《うま》くない。鰻というもの自体が、何かの関係で高価であるにしても、大体は下賤も下賤の魚なのだから、矢張り、取りすましてはふさわしく無い。丼かお重に載っていて、たれが御飯に下品にしみ込んでいる方が美味いのである。丁度、場末の洋食屋のコロッケには、ソースをべちゃべちゃに掛けた方が美味いのと似ている。

関東風な鰻の焼き方の方に馴れてはいるが、関西風な作り方も美味い。要するに、鰻が好きだから、関東でも鰻、関西でも鰻なのだが、鰻は、どうも、蒲焼き以外の料理にされると余り好きでない。卵焼きの間に入っていたり、茶碗蒸しに入っていたり、佃煮になったりしたものを出されると、僕は、食べる気がしない。外国でも、ドイツの鰻の燻製、フランスのマテロッテ・ダンギーユ、イギリスのジェリード・イール等、沢山食べてみたが二度と食べようとは思わない。鰻こそ蒲焼きであり、蒲焼きこそ鰻である、と僕は思う。

つい最近、筑後川の沿岸地方を歩いていて、久留米で、鰻のせいろ飯《めし》というのを食べてみた。何と言うものでも無いが、蒲焼きを載せた儘の御飯がせいろで品良く蒸してあって、これが実に美味だった。一寸目先きが変わっていて、それでいて味があまり変わっていなかったので好きになったのかもしれない。

去年の夏、土用の頃、麻布の十番を歩いていたら、「土用には是非鰻を！　当店は養殖鰻のみを使用して居ります」と書いてあった。昔は、天然鰻使用と書いたものだったが、この頃のように、河川に危険な猛毒薬品が流れるようになると、天然鰻は恐れられるのか、又は、飼料その他が良くなって、養殖の方が味が良いのか、いずれにしても、世の中は変わって行く。

僕が好んで行く鰻屋は、大阪では今橋の「一二」、東京では、千住の「尾花」と築地の「宮川」、湘南では鎌倉の「浅羽屋」である。この四軒は、僕の口に合う。ところが、友人達には、鰻に関しても趣味の異なる人が多く居て、随分と他の店にも連れて行かれる。そうして、美味いだろう、この店は良いだろう、などと意見を求められるので、面倒臭がりの僕は、何でも彼でも、ああ美味い、美味い、日本一だ、世界一だ、と良い加減な事を言って済ましている。何もこちらの一言に権威がある訳でも無し、何うだって構った事では無いし、知った事では無いからこう言って置くのである。

だから、僕と一緒に食事に行って、美味い、美味い、などと言うのを聞いても、本気にしてはいけない。僕は面倒だからそう言っているだけで、その実、何も考えてもいなければ責任も持っていないのである。これは、鰻に限った事では無い。どんな料理屋に行っても同じなのである。

よそ様のお宅に伺っても同じである。奥様のお手作りの、吐きそうな程厭なお料理でも、僕は膝を叩き、舌なめずりして、美味い、三国一だ、などと言う事にしている。お世辞で言うのではない。面倒だからそう言っておくのである。

危険人物に心せよ！

この人物は、鰻の食い過ぎで、鰻の如くのらりくらりと良い加減で、鰻の如く、只管《ひたすら》に貪食なだけなのである。

マナティー

関西では四十肩と言い、関東では五十肩と言うのか、或いはその逆で、関西で五十肩、関東で四十肩と言うのか、良くは知らないが、兎に角、そんな事は知らないでも肩の方は勝手に痛みに痛んで、左手は全く挙げようにも挙がらなくなって既に半歳が経過した。

そこで、ちょっと心配になって医師の門を叩き、血圧を計った。

ところが、何と血圧計は一八〇を記録したのである。高過ぎるのである。医師は、野菜を全体の六、七割食べるように厳命した。当然の措置なのであろう。

そこで、無闇矢鱈《やたら》に野菜ばかりを食べてみた。不味《まず》いけれども致し方無い。生命《いのち》を永らえるためには致し方無いのだ、そう決心した。河馬か牛に生まれ変わったと思えば良いのだ、そう考えた。

草や菜っぱばかりを食べていると、言いようの無い、妙に清潔な悲しみが毎食毎に湧いて来た。馬や牛や山羊や象の眼は、妙に悲しみを宿していて、昔から、彼等を見る度に、どうしてこんなに悲しい眼付きをしているのかと訝るのが常だったが、その原因が判った気がした。草を食べていると悲しくなるのである。そして、僕の眼もだんだんにああなるのだな、と考えた。

数日して、もう一度医師を訪ね、もう一度血圧を計り直した。血圧は一二〇で丁度良かった。医師曰く、この間は機械の調子がおかしくて、計りちがえでした。貴方は本来何でも無いです。血圧は正常です。

そこで、草と菜っぱばかりを食べる生活を変更して、又もとのように、肉でも魚でも何でも食べる事にした。僕の眼は、だから、草食動物の悲しげな眼付きにまでなる事無く、又もとの、悲しくも嬉しくも無い、どろんとした眼付きに戻ったのである。

この間、アメリカに行って、作家の戸川幸夫さんとサン・フランシスコの水族館を見ていたら、フロリダで捕えたというマナティーという海獣が水槽の中をふわふわしていた。マナティーは、日本語で言う儒艮《じゅごん》の事だと思うが、その昔から人魚と間違えられる一件で、海牛目の、草食性の、灰色の、肥満した海獣である。初めて見るので、大いに興味を持って、水槽の硝子板に額を付けるようにして観察していたら、丁度餌の時間になったらしく、水槽の上から、係りが何かを沢山抛り込んだ。海水の中をゆっくり落ちて来るその何かは、良く見るとレタースの玉を二つ切りにしたものであった。説明板によると、マナティーの主食は海藻であるのだが、この水族館では、レタースを与えているのだという。

マナティーは、水の中で倒立した儘、極《ご》く緩慢な動作で、底に沈んだレタースの玉を少しずつ嚙んでは呑み込んでいた。倒立して食べていたのだから呑み下していたとは言えない。呑み上げていたというのが正しい訳なのだが、それも変だから、一応呑み込んでいたと記す。膃肭臍《オットセイ》を不器量に太らせて、それをもっと工合悪くしたような、殆んど肉塊としか言いようの無いその姿が倒立して、味の無さそうなレタースを、然も、海水の中で嚙んでいるのを見て、僕は全く悲しくなった。

「あれは僕です」

僕は連れの戸川さんに言った。

「へへへ」

戸川さんは、妙な声を出して元気無く笑い、マナティーと僕を見較べていた。

血圧はその後上がらない。然し、あの野菜ばかりを食べていた数日の間の僕は、マナティーに似ていたと思う。少なくとも、その悲しみに於いて、僕はマナティーに似ていたと思うのである。

水槽の中のマナティーの頭を優しく撫でてやりたい、と僕は思った。然し、冷たい水槽の硝子は、僕とマナティーを隔て、そうする事は出来なかった。

マナティーは、何時までも、倒立してレタースを食べる不器用な作業を続けていた。

お刺身

海辺に住んでいて珍らしくないためか、或いは本来の自分の好みの然らしむるところなのか、良く判らないのだが、要するに、僕はお刺身を余り好まない。食べない訳ではないし、時たまには美味だと思う事もあるのだから、格別嫌いという程の事も無いのだけれども、何だか刺身というものは詰まらぬものだと思い込んでいて、そう思っている関係で、刺身が出て来ると、あれあれ又かと思ってしまう。刺身を作る板前さんの方には大変な事なのかも知れぬが、出される方にとっては、刺身は、料理以前の材料その儘の気がする。

ところが、お刺身を御馳走だと思っている人は多くて、殊に、山国の人にとっては、御馳走に刺身は欠かせぬものらしい。ずっと前に、山開きの日に上高地に行って、清水屋という旅館に泊った事がある。附近の沢から摘んで来た山菜や、目の前を流れている梓川《あずさ》で獲れた岩魚《いわな》が出ると思って楽しみにしていた夕食の一番始めに出て来たものは、どこかの遠い海から運んで来たらしい、寝草臥《ねくたび》れた鮪の刺身だったので悲観した。

料理屋に招ばれたときに良く出て来る、所謂《いわゆる》〝お造り〟というものも実に厭なものである。刺身なら刺身らしく材料その儘の姿で清潔に並んでいればまだ良いのだが、花の形に並べたり、姿作りにしたものが出て来ると、僕はどうして良いのか判らなくなる。何だか安っぽい飾り物を押し付けられているようで、結局、箸を動かさない事となる。

僕が美味しいと思って食べたのは、こういうものが刺身と言えるかどうかは知らないが、船釣りに行って、沖で、釣った潤目鰯《うるめいわし》をすぐさま割いて、持参した味噌と酢で和えて食べる方法、そして、烏賊《いか》も、釣り船の上でこの方法で食べると素晴らしい味である。然し、こういうものも、船の上なればこそで、畳の上ではどの程度美味しいか疑問だと思う。

数年前、北海道の網走で食べた〝るいべ〟というものも美味しかった。鮭を、獲れるとすぐに切り身にして、その儘氷漬けにしたものを薄く切る。凍った儘だから、口に入れるとしゃりしゃりと口中で解けて刺身になる。何でも、アイヌ人の食べ方で、恐らく昔から自然の氷の中で冷凍して保存食としたものであろう。ルイベという語は凍らせるという意味かと思っていたら、溶かすという意味なのだとその時に教えられて成る程と思った。

刺身は余りに材料その儘のようで、その点が僕の気になるのだが、こんな贅沢な事を言っていられるのも、日本の我々が新鮮な魚を豊富に入手出来るからで、他所《よそ》の国々では考えられぬ事である。その意味では、何は兎も角として日本は有り難い国である。

果物

嫌いというのと一寸異うのだけれども、僕は、日本に居ると果物を殆んど食べない。果物を食べなさい、果物を食べないと血が古くなりますよ、果物をどんどん召し上がれ、そんな事を、昔はお袋から、その後は家人や親切な女友達から言われ続けて数十年、然し、どうも果物には——特に日本やヨーロッパの果物には親しめない。

その理由には二つあって、その二つの理由は、殆んどの果物が酸っぱい事、そして冷たい事が原因である。僕は冷たい物と酸っぱい物は苦手なのである。冷たい方はまだ我慢出来るとしても、酸っぱいという事は何《ど》うにも僕には乗り越えられず、ところが、困った事には、日本やヨーロッパの果物は殆んど酸っぱい。蜜柑、林檎、葡萄、ああいう酸っぱさは、考えるだけでも鳥肌が立つ。

そんな理由で、常には余り果物を食べない僕も、南方に行くと、酸っぱく無い果物が多いために、この時とばかり果物を食べ狂い、この位溜め食いをして置けば、血も古くなるまいと安心してみたり、いや、こんな風に一度に食べたのでは何にもならないのでは無いかと心配してみたり、要するに、色々考えながら、そんな理屈より先きに、兎も角、酸気の無い芳香を喜こぶの余り、珍らしさも手伝って、ひたすらに、がつがつと熱帯果実を頬張るのである。

先ずパパイヤ。これはハワイや香港でも簡単に食べられるし、最近は果物屋あたりにも時々置いてある。八丈島の僕の家の温室にも作ってあるが、何と言っても、味は、印度支那半島あたりの赤実のものが美味しい。南中国でも木瓜と言って良く食べる。日本では木瓜と書けばぼけの事になってしまって、酸っぱ過ぎて食べられない果実になってしまうが、中国では木瓜はパパイヤの事である。朝の食事に向いていて、これを矢鱈に沢山食べて朝食にするのが僕の南方での習いである。

次はマンゴー。マンゴーも僕は八丈島の温室で作っている。これは、数は少なくしか成らないが、味は良いものが出来る。これも、赤道に近い場所での赤実のものが美味く、カンボディアで食べたものが僕の経験では最も美味だった。全く甘く、万々歳の果物だ。

マンゴスティン。これこそ果物の女王。その品のある芳香。舌触り。実の中の食べる部分が少ないのも上品で良い。プノンペンの市場で、十箇入りが百二十円の安さだったのには驚いた。これの冷凍を東京の果物屋で見たので、買ってみたけれども、全然駄目だった。

ドリアン。マンゴスティンが果物の女王なら、このドリアンは果物の魔王である。チーズにサッカリンを混ぜて掻き廻し、香水をぶっかけたようなその魔味は、南方の人が女房を質に置いても食べたがる理由が良く判る。悪臭を云々する人もあるが、僕は初めからそんな事は問題で無かった。果物でいながら、何か動物質の魔味を湛えたこの果物は、南方でも一箇八百円以上。棘のある大きな実を割って、ぬるぬるの真白な実を舐め啜る。強烈である。

シュガー・アップル。釈迦頭とも言われるこの果物の美味な事は、ヴィエトナムのサイゴンで知った。甘い甘い。そして香りが良い。ただ、種子が沢山あるので食べるのに面倒である。

まだまだ美味しい果物が沢山ある。ブリンビン。ランブータン。グヮバ。キウイ。ナンカ。チェリモア。サワーサップ。龍眼《ロンガン》。茘枝《ライチー》。ポポー。こう書いているだけでも、僕の口の中は、唾液で一杯になって来る。

このところ、ヴィエトナム、広東、香港、カンボディア、等々、僕は南方ばかりを歩いている。そして甘い果物を楽しんでは、血を新らしくして帰って来る。この秋には、マニラに行く予定があって、又、マニラの果物が楽しみである。酸っぱい日本やヨーロッパの果物は、だから、どうしても食べる気がしないのである。

新茶二つ

今年の初夏は、お茶に関して楽しい事が二つあった。
まずその一。
子供の頃から、八十八夜に茶摘みが始まる事は知っていた。

夏も近付く八十八夜
野にも山にも若葉がしげる
あれに見えるは茶摘みじゃないか
茜襷に菅《すげ》の笠

そんな唱歌を歌った覚えもある。然し僕の育った近くには茶畑は無かったので、実際に茶摘みを見た事は無かったし、摘んだばかりの茶で作った本当の新茶を呑んだ事も無かった。そこで、発憤して、八十八夜の日に、九州の八女《やめ》茶の中心地、黒木の町を訪ねた。立春から勘定して八十八日目の夜、それは、五月の二日だった。黒木の町には、樹齢七百年を越えた天然記念物の大きな藤があって、その花も丁度満開だった。夕方、宿で今朝摘んで、すぐに精製したという八女茶を戴いた。その新鮮な色、その芳醇な香り、全く素晴らしかった。八女茶の特徴は、とろっとしていて甘味があることである。新茶を、玉露のように大事にいれて呑むと、お茶というものがこんなに美味しいものかと、驚ろく程であった。

その八女の新茶を、山のように買って、担いで帰った。それからの毎日、僕は、朝も、又昼間、机の上の仕事が一区切りする度に、又、夜の食事の後にも、八女茶を静かにいれて呑むことになった。

来年も、藤見を兼ねて、又、黒木を訪ね、新らしいお茶の香りを楽しみたいと思っている。

もう一つ。

うちの庭の隣りとの境界に近い所に、柿の木が一本ある。この家を借りて移って来た時、僕と子供は、その柿の木を目ざとく見付けて、きっとこれは甘柿だよ、継ぎ木の跡が根本にあるから、確かに甘柿だ、甘柿だ、と言い合って、秋の到来を待ったのだったが、秋になって枝もたわわに成った柿は、全くの渋柿だったので気落ちした。

柿の葉にはヴィタミンCが豊富に含まれていて、若葉を摘んでお茶にして呑むと身体に良いのだという事を何かの本で読んで以来、一度、これを試そうと思っているうちに、忙しさにまぎれて数年が経ってしまった。今年こそこの柿の葉のお茶を呑もうと考えて、丁度、柿の葉の出る四月の末に、梯子を懸けて、山のように柿の若葉を採り、葉を刻んで、日陰干しにした。それをいれて呑んでみると、思っていた程青臭くもなくて、まあまあ呑めない事は無い。薬だと思って、八女茶の合間合間にこれをたしなんでいたのだが、ふと、ヴィタミンCは破壊されてしまうかも知れないけれども、焙《ほう》じてみたらどうだろうと思ってこれを実行した。これは我れ乍ら驚ろく程美味だった。そこで、僕の生活の中には、八女の新茶と、自家製の柿の焙《ほう》じ茶が加わる事になり、全く豊かな〝茶生活〟の主に僕はなり、毎日を楽しんでいる。大体、僕はいつも何かをがぶがぶ呑んでいる癖があって、さりとて、ジュースやコーラの類は嫌いなので、勢い、お酒かお茶の類を呑む事になり、真逆《まさか》、昼間からお酒は工合が悪いので、この八女茶と、柿の焙じ茶を一日中呑んでいる事になる。

それ以来、渋柿であるために誰も見向かなかった柿の木の株が上がって蜘蛛の巣を取ったり、肥料をやったりするようになり、柿も大いに面目をほどこすようになった。

柿の焙じ茶は、仲々味も良く、作りやすいものだから、庭に柿の木のある方は作って御覧になると良いと思う。

萬国料理

何を食べましょうか、という事になると、東京や大阪のような日本の都会程困るところは無い。何故かというと、色々の種類の料理があり過ぎるために、何《ど》れにして良いのか判らず、食事の度に迷わねばならないからである。

これが、西洋や中国だったら、実に問題は簡単である。西洋だったら、西洋料理か、まああっても中国料理位だし、中国だったら、殆んど百パーセントと言って良い位中国料理しか無い。

ところが、日本の都会では、オリンピックもかくやと思われる程、各国の料理屋が並んでいる。考え付くだけでも、中国料理、それも四川、北京、広東、上海料理から始まって、朝鮮料理、インドネシヤ料理、印度料理、フランス料理、イタリー料理、スモガスボードのような北欧料理、アメリカ風のドライヴインやスナック、それに、日本料理となると、長崎、薩摩、関西、北海道、山菜、等々、挙げるにいとまの無い程の種類が存在し、何かを食べましょうという事になる度に、頭の中には、萬国旗が翻えり、日本地図が横切り、実に、面倒である。

いろんな食べ物があるという事は楽しいし、豊かな事ではあるのだが、この頃、それらのいろいろなものを食べてみて、結局、日本では、日本料理を食べるのが一番美味しい事に気が付いた。実に当たり前な事なのだが、その土地では、その土地の風土と伝統によって出来上がって来た料理が、産物との関係もあって美味しいに決まっている。

そこで、この頃は、フランスに行けばフランス料理を食べる。イタリーに行けばイタリー料理を食べる。ドイツに行けばドイツ料理、中国に行けば中国料理という風に、成る可くそうするし、わざわざイギリスに行って日本料理を食べようなどとは思わない事にしているのだが、それでも、誰かに招待されて、東京や大阪で、ドイツ料理やイタリー料理を食べる事もある訳で、そういうものを食べてみると、日本での外国料理は、随分とそれらの国に於けるもとの料理と味が異っていて、何と無く日本的な美味しさが加わった独特な味になっている事に気が付く。

然し、そうであってみれば、その味の向かっているところを延長したところに日本料理がある訳なのだから、矢張り日本では日本料理を食べる方が利口だと言う事になる。

そんな事を考えていると、関西では関西料理を食べるのが良いとしても、東京では一体何が良いかという疑問が出て来る。関東風というと、すぐに思い出すのは鰻の蒲焼きだが、鰻は、僕は大好物だが、料理としては、下品に属する特殊なものだし、一体、何が東京の料理だろうと思う。

結局、すべての面で世界中の各国の要素が渦を巻いている東京であってみれば、良い意味でも悪い意味でも、世界中の料理がある事自体が東京らしく、だから、逆に言えば、その各国の、やや日本化したその味が、東京料理を構成しているのかも知れないと思ったりする。

いずれにしても、交通が発達し、世界が狭くなってみると、何々料理などと、各国の料理がある事の方が不思議で、いずれは、世界の種々な要素が加味された世界共通な料理が出来上がる事になるのだろう。そう思ってみると、現在の日本の各家庭で普通に食べているお惣菜料理こそ、世界的な萬国料理を予言しているのかも知れないと思ったりもする。

虎骨木瓜酒

広州《クワンチユー》——昔の広東《カントン》——の街は美しい。ゆすら椰子の並木が快い緑蔭を作り、南アジア独特の、二階がバルコニーのように張り出した表通りには、賑やかな店が続く。

初めて僕が広州を訪ねたのは、九年前の九月の初めだった。その年、中国には文化大革命が起こり、丁度、僕が北京に着いた八月の十八日に、初めて紅衛兵の大蹶起が行われたのである。大変動の中の中国を歩いて、然し、あのように大きな変動中にも、取り乱す事の無い中国人に感心しながら、北京から上海、そして広州へと僕は旅を続けていた。

北京は美しい街だった。上海は立派な都会だった。そして、広州は楽しい街だった。

上海から飛行機で広州に着いたのはもう夕方だった。羊城賓館というホテルに入って一息入れた僕と通訳の青年は、まず、日の暮れかかった街に散歩に出掛けた。街には、官製の紅衛兵のデモが鳴り物も賑々しく、次々と紅旗を翻えしながら通り、夕涼みにバルコニーの下にたむろしている沢山の人達がその流れを見ている。ぶらぶら歩いているうちに、日は暮れて、街の灯がゆすら椰子の並木をシルエットに浮き出す頃になった。気が付いたのだが、北京とは異って、気候が暑いせいか広州では、夜も開けている店が多く、きらきらした表通りの店には、果物や、食料品や、酒や呑み物が並べられている。僕は、早速興味を起こして、果物屋に入って、南中国独特の、五斂子《ブリンビン》、茘枝《ライチー》等の甘いフルーツを山と買い込み、又、酒屋に入って、虎《こ》骨《こつ》木瓜酒を三本買った。今夜はこれからもうする事も無いから、羊城賓館に帰ったら、一人で大好きな南国のフルーツを沢山食べて、それでもまだ時間が余れば、虎骨木瓜酒を一本抜いて、その少々をたしなもうと思ったのである。五斂子は、南中国から馬来半島にかけてよく見かける、薄緑の半透明の果物で、果肉は、さくさくとして林檎のような爽やかな味をしている。茘枝は、御存知の通りに、楊貴妃が殊の外これを好み、彼女の朝の食卓のために、玄宗皇帝は、嶺南の地より早馬を仕立てて、この果物を毎朝貴妃の食卓に届けさせたと言われている。

虎骨木瓜酒とは何であるかというと、木瓜はパパイヤの事であるから、木瓜酒はパパイヤを発酵させて作った強い酒。それに、読んで字の如く、虎の骨を入れた奇酒の事である。虎の骨は、昔から漢方で精力剤として珍重され、虎の骨を木瓜酒に漬けたものは、秘薬としてその名も高いものなのである。昔からその名は知っていながら、実物を見るのは初めてだったので、広州の酒の店でこれを見付けた時は、嬉しくて、通訳の中国の青年が驚ろくのを尻目に、つい三本も買い込み、そのうちの一本を開けて、僕はその夜呑んでみる事になったのである。

夜更け、がらんとした羊城賓館の自室で、僕は、どきどきしながら、虎の絵がレーベルに描いてある瓶から、濃い茶色の、ややどろどろした酒を盃に注いで、それを賞味した。木瓜の精分のしからしむるところか、或いは猛虎の骨のせいか、恐らく、数種の薬草も調合してあるのだろう。一種の強い香りが立ち昇り、咽喉に対する刺戟も、アルコール分もともに相当に強かった。こういう種類の酒は沢山呑むものでは無く、薬のように、大切にしながら呑むものである。そこで、朝晩、盃に一杯宛《ずつ》を常用する事にして、この三本を僕は日本に持って帰り、珍重しながら、ずっとそれを続けた。その後、香港でも、日本の横浜の中華街でも、僕は虎骨木瓜酒を見付けて不足の時は補い、今でも愛用を続けている。

虎骨木瓜酒は余り美味では無いが、現在、矢鱈に元気の儘暮らしている僕の健康の一助に、確かにこの秘酒が役立っているのでは無いかと、レーベルの虎の絵を見ながら、朝と夜と一日二度は、そんな事を考えるのである。但し、この秘酒は声を悪くするそうで、その点一寸心配だが、多少声が悪くなっても、こちらは歌手では無いから構わないし、声と元気の二者択一という事になれば、元気を執るのは自然の理なので、兎も角、朝夕の虎骨木瓜酒一杯宛の楽しみを僕は続けている。

駅弁

葉山の家から東京に出るには、逗子駅から横須賀線に乗るのだが、その逗子駅では、弁当を売っていない。まあ、僕にとっては、逗子駅で弁当を買って食うぐらいならば、自宅で何かを食べて出て来ればよいのだから、一向にさし支え無いのだが、次の鎌倉駅でも弁当は売っていない。鎌倉は逗子駅とは異って乗降の客が多く、特に春秋には観光客、夏は海水浴客、冬は避寒の客というわけで、一年中賑わうところなので、弁当を売ればさぞ儲かると思うのだが、それを売っていないのは一寸不思議であるが、もっとも、そうしたところが鎌倉の良さかもしれない。次の北鎌倉も弁当は無く、横須賀線が東海道線と合流する大船駅が弁当発売駅である。

ここの「鰺《あじ》寿司」というのは一寸有名で、不幸にして、僕は寿司類を好まないために食べないが、往復の途次この折詰めを買ってお土産にすると大層喜こばれる事が多い。

この駅では大船軒という店で作っている普通の駅弁も売っている。次は横浜。この崎陽軒のシューマイ弁当は美味しいし、シューマイだけの折詰めも良い。飛んで、その次は品川駅、その次は終点の東京駅が弁当のある駅である。

出掛ける直前まで自宅で仕事をしていて、食事をしそびれて東京の所用に駆け付ける事もままあって、そういう場合には、駅弁を買って電車の中で食べる事もあって、そんな事をしている僕を、横須賀線の友達は笑うが、弁当は食べるために売っているのだから、駅弁を電車の中で食べていても、別に不思議は無い筈である。それに、今述べたような理由が僕の方にはあるのだから、僕は知らん顔をして食べている。

ただ、どこで駅弁を買うかが一寸問題なのである。

大船で買えば、東京までは四十五分あるから問題は無いが、横浜のシューマイ弁当を買うと、東京までは三十分だから、一寸急がねば間に合わず、品川駅で買うと、東京までは七分しか無いので大忙しの事となる。そんな事なら東京駅で弁当を買って、ベンチに腰掛けてそれを食べれば良いと思って、やってみたのだが、これは何やらうらぶれていて、余り感心しなかった。

駅弁は大概美味である。日本中には随分いろいろ美味な駅弁があって、旅行の度びに楽しみにするのだが、最も印象深く美味《おい》しく食べたのは、北海道の長万部《おしやまんべ》の駅で、戦争中に食べた弁当であった。

山田温泉という、ニセコ・アンヌプリの下のひなびた温泉に湯治に行った事がある。戦争もひどくなった頃で、世間に食べものはもう減っていた頃である。函館からの鉄道で長万部を通った時、駅弁を買った。粗末な蓋を開けた時吃驚《びつくり》した。ご飯の上に、鰈《かれい》の煮こごりが一尾載っているだけだった。そして、これは滅法に美味しかった。今でもその味を覚えている程だから、余程美味しかったのだと思う。すべて、食べ物は、あまりごちゃごちゃとしないで、この如く、さらっと行くと美味しいと思う。それに、鰈は北海道の名物である。

最近、北海道の地名——詰まりアイヌ語の意味を書いた表のようなものを読んでいたら、オシャマンベとは、鰈の獲れる場所という意味だと出ていた。僕は、それを読みながら、又、もう三十年以上昔になった、あの鰈の駅弁の味を思い出した。

駅弁というものは、旅情に関係があるためだろう。横須賀線のような短い電車では食べる事は食べるが、矢張《やは》り長距離の列車に乗ってのんびりと車窓に来たり又去る景色を楽しみながら食べる方が美味しいと思う。

パッション・ワイン

十三年前に八丈島に仕事場を建てた当時は、島が幾分暖かい関係で、主に亜熱帯系統の花の美しい植物に凝った。珊瑚アナナス、鸚哥《いんこ》アナナス、瓔珞《ようらく》アナナス、チランドシア等々から始まって、島では野外でも花を着ける極楽鳥花《ストレリチア》、瑠璃極楽鳥花《オーガスタ》、ブーゲンビリア等々、僕の仕事場は、花屋の如き観を呈していたのだが、根が実利的に出来ているためか、だんだん花より団子という事になり、実の成る亜熱帯植物に僕の興味が移り始め、今では、花物も僅かに存続はしているが、庭と、十坪ばかりのささやかな温室内には、レベリヤとアラビカのコーヒー、ココアの木、木立《トリー》トマト、グヮバ、サイパン・グスベリー、バナナ、パパイヤ、マンゴー、ナンカ、ジャック・フルーツ、シュガー・アップルとも言われる釈迦頭、五斂子とも呼ばれるブリンビン、ランブータン、そして、胡椒に至る迄の、もろもろの植物が茂り、花を着け、実を着けている。

これらの実を成らせるのは、温度、湿度等が仲々難しく、判《わ》けても、苗から育てている関係で、ナンカやジャック・フルーツ等は、この先十何年して、木が大木にならねば実は望めないと言うが、それでも既に、パパイヤ、マンゴー、バナナ等は、美味しい実を食膳に供して呉れているし、玄関の庇《ひさし》に絡ませてある、果物時計草《くだものとけいそう》は、毎年、数百の美味しい実を着けて、夏の仕事場を訪ねて来られるお客様を喜こばせる。

今年は、マンゴーと時計草の当たり年だったので、新鮮なそれらを僕達一家は楽しんだが、殊に、時計草は、採っても採っても実を着けて、食べる方が採る方に間に合わなかった。そこで、家内は、この甘酸っぱい美味しい果物を保存するために、焼酎に漬ける事を考え付いて、それを実行した。

果物時計草は、通常はパッション・フルーツと言われ、この木の花が十二枚の花弁を持ち、その真中の蕊《しべ》がキリストの茨の冠に似ているところから、キリストと十二使徒の受難に見立てて、受難——パッション——の名が付いたのである。

このお酒を作って、来客に出すと、どの方も、皆、珍らしい味と匂いのお酒ですね、これは一体何ですか、と訊くので、家内が、はあ、これは、宅でこしらえましたパッション・ワインで御座居ます、と答えると、殆んどの方々は、へえ、情熱のお酒ですか、これで酔うと情熱的になりますか、へえ、成る程、團さんは何時も何時もお元気そうで、何が秘訣かと思っていましたが、成る程、御家庭でこんな情熱酒を呑んで居られたとは知りませんでした。ははあ、成る程、などと勝手に頷くのである。そこで、こちらが吃驚《びっくり》して、いや、そこの玄関を先刻潜って来られる時に、実の成っている棚がありましたでしょう。あれが亜熱帯に育つパッション・トリー、そしてあの木に咲く花がパッション・フラワー、そして実がパッション・フルーツなのです。何しろ矢鱈に実が着くので、保存用にお酒に漬けてある訳で、名前のパッションは情熱のパッションでは無くて、花の形から、キリストの受難を象徴しているという訳で、詰まり情熱の木の実では無く、受難の木の実で、僕は、いつもこれをちびりちびりと呑みながらキリストの受難を思っている訳です、と説明するのである。然し、考えるのだが、花の形は兎も角として、この実は甘酢っぱくて芳香に富み、矢張りヴィタミンCなどを豊かに含んでいるのでは無いかと思う。だから、語源は別としても、この保存のために考案したパッション・ワインが、僕の健康に意外に役に立っているのかも知れず、受難のパッションが、体内で情熱のパッションに変化していないとは誰もが言えないと思ったりするのである。

パッションン・ワインは、今日も、僕の机の上で芳醇な香りを立ち昇らせている。

御赤飯

何しろ三度三度の食事は御飯でなければならないと決めていて、この考えは子供の頃から変わらない。麺麭《パン》や饂飩《うどん》や蕎麦《そば》や柳麺《ラーメン》、マカロニやスパゲッティや肉饅頭の如き物は、実に下らぬ代用食だと思って軽蔑しているので、殆んど食べないし、ましてや米飯の代りに主食として食うなどとは真っ平である。大体、食事というものは、米飯をがつがつ食ってこそ美味《うま》いのであって、その米飯も、大量に食わねば感じが出ない。

「頭のよくなる本」を書かれた林髞先生は、すでに故《な》くなられたが、生前、僕ががつがつと米飯を食べる性癖を持っている事を知って、もう少し米食を減らした方が頭の働きが鋭くなりますよ、と穏やかに言われたが、僕はその穏やかな忠告を全く相手にもせず、相変わらず飯又飯《めし》の毎日を送っている。

これには二つ理由があって、その一つは、僕は記憶力が良い方で、余り重要な事、役に立つ事は覚えないにしても、役に立たぬ事や重要で無い事に関しては、覚えの良い事、我れ乍ら吃驚してしまう程である。ここだけの話だが、頭が良いらしいのである。そこで、うっかり米飯を減らしでもして、余り利口になっては、世間一般の頭のレヴェルから浮き上がって、孤独になってしまうと思う。そんな上等な人になっては詰まらないので、米飯を沢山摂り続けて、大体今の線か、今より少し下廻った線に自分の頭の働きを止めたいというのが先ず第一の理由。

次の理由は、農民ばかりを甘やかした政治の結果、日本には古米《こまい》が矢鱈に蓄積されてしまい、今では古米の滞貨が六〇〇万トンになり、遂には、古い米は琵琶湖に沈めようとか、山口県の秋芳洞に貯蔵しようとかいう事になった。その結果、米を作る事をやめた百姓には年金を支給するという、途方も無い案が顔を出す始末である。この時に当たって、僕のようにがつがつと米を食う人物は、古米の整理に協力する意味で、甚だ国家の役に立っている訳で、まさに忠臣とは僕の事では無いかと思うのである。だから、国のためにも、米飯をがつがつと食い続けるのを止める訳には行かない。

この間、実に珍らしい事なのだが、仲人を勤めた。僕のような人間に仲人を頼む事は縁起が悪いから止めるように断ったのだが、どうしてもと言われ、その青年が八丈島の出身で、現在伊豆七島の開発に情熱を注いでいる良い青年なので、それでは、と引き受けて、式に立ち会い、椿山荘での披露宴に臨んだ。

見ると、宴席には御馳走が並んでいて、昼食を摂っていなかった僕には美味《うま》そうに見えて仕方が無い。そこで、御婿さん、御嫁さんの紹介と挨拶を済ますや、すぐに御馳走に箸をのばした。並んでいる物を戴くのは当然だと思ったのである。御膳の上の御馳走を皆食べて、考えてみるとどうも量が未だ足りない気がする。ふと見ると、そこに「御赤飯」と印刷した折詰めがあるので、渡りに舟と、その折詰めに取り掛かると、傍の女房が、しきりと僕の袖を引っ張るのである。そろそろ帰ろうという合図かと思い、一寸待てと言うや否や、スピードをアップして、御赤飯を平らげ、実に美味かったので、その勢いで、もう一つ「御祝い」と印刷してあった大きな折詰めを開け、尾頭付きの鯛やきんとんなどを猛烈な勢いで平らげた。

結婚式は、満足す可き状態で目出度く終り、僕達は、横須賀線に乗って、逗子に帰って来た。その電車内で女房が言うには、ああいう席上で、御馳走と別に出ている折詰めは食べる物では無く、持って帰るための物なのだと言うのである。それを、貴方は、全部ばりばりと開けて食べてしまって、こんな恥ずかしい思いをした事は無い、と言うのである。僕は、驚ろいて、食べて不可無《いけな》い物を食卓に出す訳は無いし、持って帰ったりしてはみっとも無いし、食べる方が正しいと幾ら説明しても、女房は不機嫌なのであった。

御赤飯は美味い。そして消化に時間が掛かるためであろう、腹持ちがして、工合の良い物である。秋になると食欲が進み、三度三度米飯を食べても、腹が減って困るので、一日一度は御赤飯をうんと食べて、腹工合を調節し、自ら赤飯の前で、われとわが健康を祝おうかと思っている。

お雑煮

子供の頃は、お雑煮という物は、お正月にだけ食べる物だと思っていた。元旦に、一家打ち揃ってお屠蘇を戴き、古女《ごまめ》や黒豆を戴き、お雑煮で新年を祝うのが習慣であったためであろう、お雑煮は新年だけの物と考えていたのである。であるから、お雑煮は、儀式に無くてはならぬ物との印象で支えられていて、特にそれを美味《うま》いとか不味《まず》いとか考えた事は無かった。

お雑煮が新年だけの食べ物で無い事を知ったのは、ずっと経ってから音楽学校に入り、学校の近くの上野桜木町の路地裏の何とかいうお茶漬屋に通うようになってからであった。このお茶漬屋は目立たぬ路地奥に位置していて、学校当局の監視の埒外にあったために男女共学であった音楽学校の、男生徒と女生徒の恰好な密会の場所であったのである。密会と言っても、ただお茶漬を食べながら話しをするだけでそれでも、戦争中の事とて、学校の内外での男女生徒の交際は一切禁じられていたその頃としては、相当にスリリングな事なのであった。そのお茶漬屋のメニューに、お雑煮があって、家の新年のお雑煮と較べると、全く薄味の、蒲鉾《かまぼこ》と菠薐草《ほうれんそう》だけがちらちらと入っている物を我々は啜《すす》るのであった。戦争が激しくなる頃で、調味料も思うように無かったのであろう。その薄い味は、我々の稀薄な青春の味に繫がっていて、二切れだけ入っていた餅の小ささは、当時我々が得る事の出来た幸福のささやかさに通じていた。

家の雑煮は、家が福岡の上に、母が長崎の者だったので、随分とこってりとした味だった。椀の蓋の下からは鯛の尾がぴんとはね上がり、身には寒鰤《かんぶり》、鶏、鯛、結んだ鯣《するめ》、桜の花形に切った人蔘と大根、それに小松菜、餅は白と粟の両方、そして、汁は平戸で漁《と》れるあごという小さな飛び魚のだしで作るのだった。

戦争が終って暫らくすると、街に喫茶店が出来始め、本当の珈琲が無いために、豆ヒーと呼ばれる、炒り豆を煎じた妙な物を出したりしていた。そういう喫茶店に、時々お雑煮があった。これも妙に薄味の物だったが、それでも我々は一時の腹の足しに、それを喜こんで啜った。

何時しか物が豊富になって、家庭生活も落ち着くと、又、お正月にお雑煮を食べるようになった。もう僕は結婚して居て、家内は、九州風のこってりした味では無い、関東風のそれでも、稍々《やや》味の濃いお雑煮を作った。僕自身の好みに、九州風の味はしつこ過ぎて合わなくなっている事を彼女は知っていたからである。こうして、自分の家の味が出来上がる頃から、僕は、お雑煮を美味《うま》い物だと思うようになった。そうして、お雑煮は、正月のためでは無くて、一月から四月頃までの、我が家の大切な朝食になった。何故か判らないのだが、この数年、全くだらだらと、僕の家では、朝食に、米飯とともにお雑煮を食べる。そうして、その現象は、あたりが暑く感じられ始める五月迄続き、五月になると、ふっつりと止むのである。

お雑煮は、簡単でいて、家によって、実にさまざまな味と好みが滲み出している。地方的な差も大変なものである。色々な物を入れる家、全く入れぬ家、一寸《ちよつと》入れる家、丸い餅を入れる所、味噌を入れる所、実に千差万別である。そして、その味は、好みの上からだけでは無く、歴史と、地理を物語っていて、小さな椀の中に、日本中が映っているようにさえ思われるのである。

義歯

歯には全く非道《ひど》い目にあった。

子供の頃から僕の歯は僕を苦しめた。まるで、歯というものは、僕を苦しめるために、生えたり、抜けたり、痛んだり、欠けたりするもののように思われ、それに雷同するように歯齦《はぐき》も、膿んだり、腫れたり、破れたりするのだった。

その非道さは、長い間手入れが出来なかった戦争の期間の直後の昭和二十一、二年位に絶頂に達した。戦争中と戦争直後の栄養失調も原因して、悪性の歯槽膿漏が起こり、気も狂いそうな痛みや醜い腫れを何十度も繰り返した揚句、結局は、歯全体がぐらぐらになってしまったのである。戦争直後は金も無く、歯科医にかかる事も出来ぬ儘に、痛む歯は、自分で抜いたり、机の角に押し付けてへし折ったりした。

そんな無茶を繰り返したものだから、もう、僕の歯は、救いようが無い代物となって、ぼろぼろの姿を僕の唇から覗かせていたのである。

そんな歯をぶら下げて海外を歩いていた、今から二十一年程前の或る日、僕は、歩いていたベルリンの路上で、気も遠くなりそうな歯痛にいきなり襲われた。その時の歯痛は、何の予告も無しに、突然やって来て、生まれてこの方の最も激しい痛みだった。僕は驚ろいて、下宿先のロンドンに飛んで帰り、すぐ様歯科病院に入院した。こんな非道い歯は見た事が無いと、英国の歯科医は、すぐ様僕を全身麻酔で眠らせると、一挙に十八本の抜歯を敢行した。敗血症寸前だったのだそうである。生命の問題だったのですよ、とその歯科医は、退院の時に僕に話した。退院してからは、義歯作りに一ヶ月程病院通いをした。そうして出来上がった義歯は、僕の思い出多い第一号の義歯であった。

その後数年して、今度は日本で、又数本の歯を抜き、第二回の義歯を作った。そして、七年前、残っていた三本の上顎の歯を全部抜いて、第三回目の義歯を作った。そして、今度、残っている四本の下顎の歯を抜くと、僕は、完全な総義歯となる。

良く言われる事なのだが、義歯になると、物の味が落ちて、不味になるので、成る可く義歯にはしないのだと言う頑固な人が意外に多くて、中には、抜け落ちた歯をその儘にして、歯齦で食べ物を嚙んだりしている人も見掛けるのだが、これは全く誤った考えだと僕は言いたい。

もとより、自前の歯が完全であれば、物の味も良いし、何等問題は無い。然し、歯が駄目になって、痛んだり、抜けたりしたならば、さっさと義歯を作られる事を僕はお奨めしたいと思う。兎も角、僕の経験では、悪い歯を不便がりながら、びくびくと物を嚙む苦痛は、それこそ物の味を減殺する事大であって、そんな事をする位ならば、早く義歯を作って、何でもばりばりと食べる方が、物は遙かに美味しいのである。歯齦で嚙むなどという恐ろしい事をしていては、言語道断で、物の味など判ろう筈が無い。

長い間、悪くて、痛む歯を気にしながらこそこそと食べていた後に、十八本もの抜歯をして、出来た義歯で、心行く迄に食べたすべての物の美味しさを僕は忘れない。そして、この間、残っていた何本かを抜いて、上顎を全部総義歯にして、ばりばりと食べた、海老の鬼から焼きの歯触りの爽快だった事を僕は忘れない。

今度、下顎も全部総義歯になると、もう僕は、未来永劫、僕を、生まれてこの方苦しませ続けた歯痛と別れを告げる事となる。一寸淋しいような気もするが、何でも食べられるようになる事と、食べる事に遠慮が必要無くなる事で、僕は幸福になるに違い無い。

優美である可き食べ物に興味をお持ちの方々が読まれる本に、義歯の話しで申し訳無かったけれども、どんな上等なお料理でも、歯の働きを経て賞味され、嚥下されて行くのだから、歯こそ、お料理に関係が深い、先ず第一の関所だと思って、敢えて、ここで歯のお話しをした。

お料理に、歯は大切なものだと思う。

地中の蟹

数年前、未だ日本列島が残暑に喘いでいた或る日、急に北の海が見たくなって、アラスカの独り旅に上った事がある。

西日の銀座通りを忙しく歩いていて、ハンカチで汗を拭いた途端に、ああ、此処がこんなに暑くとも、北極圏に行けば肌寒い風が吹いていて、事によれば流氷なども見る事が出来るのかも知れない、海豹《あざらし》や胡獱《とど》が吠えながら泳いでいるかも知れない、素晴らしいだろうな、と考えた。

半月程して、僕はアラスカへ行った。いつも北廻りでヨーロッパに行く時に通るアンカレッヂで飛行機を降りて、着陸だけの時に見る極く極く詰まらない飛行場からは全く連想出来ぬ程素敵なその街の美しさを楽しんだり、首府のフェアバンクスの透き通った冷たい空気に感じ入ったりした後に、僕は、米領のアラスカ最北端のポイント・バローに佇《た》って、夢見ていた流氷を眺め、海豹の声を聞き、九月の末だと言うのに、バローの岬の一粁《キロ》程向うに迄、北極からの結氷が迫っているのを驚いて見たりした。岬と、沖に迫った結氷の間の一粁は、殆んど黒と言って良い程の、鈍く光る海だった。その黒い海の帯の上を、大型の鷗が飛び、その下に、大小の氷の島が流れるのだった。

最北のバローから、僕の旅は、エスキモーの村コッツェビューや、且つてのゴールド・ラッシュの夢の跡とも言える、今はさびれ果てたノームに続いたが、アラスカを歩きながら僕がどうも腑《ふ》に落ちなかったのは、鮭や蟹が期待していた程美味で無い事だった。アラスカン・キング・サーモン（アラスカ大王鮭）、そして、アラスカン・キング・クラブ（アラスカ大王蟹）は余りにも有名で、前々からその名を聞いていたので、北の海を見にアラスカに行くからには、賞味せねば、と、東京を発つ時から楽しみにしていたのである。僕がアラスカを歩いたのは九月の末だったので、多分シーズンの上で恵まれない時だった事も手伝ったと思うが、どうも、方々の街や村で食べた鮭や蟹が美味しく無く思えた。鮭は、サーモン・ステーキがまあまあだったが、蟹は、ぱさぱさとしていて、工合が悪いのである。然し、鮭や蟹が美味く無くとも、又別に美味《おい》しい物が沢山あって、例えばレインディアー（馴鹿《トナカイ》）のステーキや、ヘリング（鰊《にしん》）が素晴らしかったので、旅そのものは楽しかった。珍らしい、海豹や、海豚《いるか》や、鯨も食べる事が出来て面白かった。

ポイント・バローに居た或る日、僕は、知り合いになったエスキモーの友達に、バローの村の中を案内して貰った。狩で獲った大きなムース（へら鹿）の角を入り口に打ち付けた小屋や、血の付いた海豹の皮を乾している空き地や、冬になると橇《そり》を曳かせる犬どもを繋ぐ広場や、そんな場所を歩きながら、彼は僕に説明するのだった。

「アラスカの北の方は、パーマ・フロースト（永久結氷地）と言って、地面の下は常に凍っています。ですから、冷蔵庫は要りません。物を保存するには、庭に穴を掘って、その中に抛《ほう》り込んで置きさえすればそれで良いのです。ほら、御覧なさい。ここの家の、これが冷蔵庫です。中を覗いてみて御覧なさい。僕が蓋を開けますからね」

彼が蓋を持ち上げ、僕が覗いた。そこには野菜や、鮭や、肉や、そして、沢山の大きな蟹が投げ込まれてあった。

結局、僕が、鮭や蟹が不味いと思った理由は此処にあったのである。幾ら産地でも、こう何でも乱暴な方法で冷凍してしまっては、味は落ちるに決まっている。そして、こんなに粗雑に投げ込まれた古い蟹や鮭を出されるのでは、冷凍されたより以下の味のものを食べさせられる事になるのは当たり前である。

パーマ・フローストの便利さが産んだぱさぱさの蟹を、旅のうちに何度か食べながら、僕は、日本人だったら、きっとこの蟹を冷凍せずに、もっと美味しく食べるか、冷凍するならばもう少し繊細な神経を使った冷凍法を考えるだろうに、勿体無い事だとつくづく思った。

貝

時々は妙に食べたくなる事があって、江之島に釣りに行った時には栄螺《さざえ》の壺焼きを食べてみたり、千葉県あたりに用があった時には帰りに大きな蛤を買って来て焼いて食べたりもするのだが、大体に於いて、僕は貝類はそれ程好まない。これは不思議な事で、我々の祖先である日本の先住民は、各地に残る貝塚を見ても判るように、米や麦が大陸から入って来る前は、殆んど主食と言っても良い程に貝類を食べていたらしく、それなら、子孫である僕も貝類をもっと感激して食べそうなものなのにと思うのだが、あのふにゃふにゃしたような、生臭《なまぐさ》いような貝の身は、時たまは良いとして、そんなに何時も食べたいものでは無い。

然し、余り好きでは無くとも、貝ばかりを食べていた事があって、それは、昭和二十年の春から夏にかけてだった。その頃、僕は軍楽隊の兵隊だった。第二次世界大戦は終焉に近付いていて、日本はもう敗戦への急坂を転《ころ》げ落ちて行きつつあった。内地はB29の空襲に依って焼け焦げ、軍楽隊などは用無しとなり、戸山学校の兵舎を焼かれた僕達は、浅草橋の女学校の校舎を接収して、周囲の焼け跡に南瓜《カボチャ》や甘薯を作って自給の生活を続けていた。ところが、若い我々の事だから、何《ど》うしても蛋白質が欲しくなる。そこで、舟を操れる兵隊を当番に仕立てて、東京湾の浅瀬に貝を獲りに行く事が始まった。当時は、本土決戦の際の非常食糧にするために、一般の人は貝を獲る事が禁じられていたので、貝は幾らでも獲れた。半日程で、五、六人の当番は、四斗樽二つ三つに浅利、蛤、馬手貝《まてがい》等を持って帰り、炊事係りは、それを大釜で茹でて、我々に食べさせたのである。だんだんに他の物資は無くなっても、貝だけは豊富だったので、敗戦間際には、連日、貝又貝だった。空腹のために、好き嫌いなど、言う暇《いとま》も無く、僕達はがつがつと貝ばかりを食べた。その頃はもう食糧事情が悪化していたから、貝も一般では入手は難しく、僕達は、軍隊の特権を利用して贅沢な物を食べていた事になる訳だが、余り好きでは無い上に、こう毎日では、有り難味も薄く、貝ばかりを嚥《の》み下していると、何か先住民になったような気がして来るのだった。

毎年、春の大潮になると、僕は、家の近くの葉山の浜に、子供達を集めて潮干狩りに行く。春の海には、沢山人が出て貝を獲っていて、その群れに混じって、浅利を掘っていると、ぽかぽかと穏やかな陽の光に背中が暖かくて気持ちが良い。春だなあと思う。そうして獲って来た貝を、みんなで煮て食べる。僕はそう好きで無いのだが、みんなは、大好物な貝に上機嫌だし、僕もお付き合いで少しは食べる。そして、貝の湯気の中で、もう三十年も前になってしまった敗戦直前の頃の兵隊生活を思い出すのである。

余り好きでは無いが、一年に何度かは、貝も悪くは無いと思う。

春の肴

友人からお酒を一升貰った。そのお酒は、友人の言に依れば原酒であって、とても美味《うま》いというのである。そこで、常にそうは日本酒を呑まない僕も、気が動いて何か良い機会でもあったらこれで一盞《いっさん》を傾けようと楽しみにして、その一升瓶を台所の床下に蔵《しま》った。ところが、蔵ってから気になったのだが、原酒であるとすると、余り長い間蔵って置いては悪くなるのではなかろうかと心配になった。折角の頂戴物を悪くしてしまっては友人にも悪いし、大体勿体無い。そこで、もう一度床下から瓶を取り出して、レッテル其の他を良く読んでみた。先ず瓶の口の傍に貼ってある小さなレッテルには、防腐剤が入って居りませんから、開栓後はなるべくお早くお召し上がり下さい、と書いてある。矢張り、防腐剤が入っていないのだから、余り長い間蔵って置くのは良くなさそうである。

さて、その下にもう一枚のレッテルが貼ってあって、そこには毛筆の書体で、酒屋のおやじだけしか呑めぬ酒、と書いてある。そして、その下に、一番大きなレッテルがあって、筆太に、原酒と書いてある。全く美味そうで、今すぐに栓を抜いて呑んでしまおうかという気も起こったが、いやいや、最近やって来るであろう何かの機会を待って、大切に呑んだ方が良さそうだ、と僕は我慢する事にした。

ところが、何日経っても、格別な祝い事も起こらぬし、機会らしい機会が訪れて来ない。余り長く蔵って置くのは良くないし、何《ど》うしようかと思案した僕は、よし、春になったら栓を抜こう、と決めた。暦の上ではとうに春になっているというのに、何故か、今年は冬の寒さが何時迄も残って、春らしい春が来ない。朝晩の冷えは肌を刺すし、桜も大分遅れるという。そこで、こんな変な天候が正常に復して、ぽかぽか、うららうららとした本当に春らしい春がやって来たら、子供を連れて、裏の畑の畦に土筆《つくし》を摘みに行き、それを佃煮にして、若しあったら、畦の何処かで好物の野《の》蒜《びる》を探して、その玉に味噌をまぶして、春の香りを肴にこの上等な酒を呑もう、そう決めたのである。

春らしい春がやって来るのは随分と遅れた。然し、とうとう今日、三月二十九日の日曜日、昨日一昨日と続いた演奏会の指揮に疲れて朝ゆっくりと起きた僕は、窓から見る庭の様子に、急に本当の春がやって来た事を感知した。窓を開けて手を出して、空気の暖かさに、とうとう本当の春が来た事を知った僕は思い切り伸びをしながら、そうだ、今日はあのお酒を呑む可き日だ、と思った。

子供を連れて、午後の暖かな光の中に、裏山の斜面に登って行った。この間迄、蕗《ふき》の薹《とう》が寒々と枯れ葉の中から覗《のぞ》いているだけだった斜面には、何時の間にか、蘩蔞《はこべ》の柔らかな緑と、赤味がかった嫁菜の若芽が萌え始めていて、畦には、土筆が沢山顔を出していた。子供と、はかまを取るのにママちゃんが苦労するね、気の毒だけれどね、などと言い合いながら、土筆を摘んだ。そして、持って来た根掘りの小さなシャベルで、畦の隅で見付けた野蒜を掘った。春らしい土の匂いの中から、白い玉が輝やきながら沢山穫れた。序でに、油炒《いた》めにするために、畑の崖に生《は》えていた接骨木《にわとこ》の若芽を摘んだ。これだけあれば、春の肴として充分だ。僕達は穫物を入れたビニール袋を下げて家に帰って来た。

夕食の膳に、土筆の佃煮と、野蒜の味噌あえと、接骨木の油炒めが並んだ事は言う迄も無い。そして、僕は、友人から貰った原酒の瓶を開けて、久し振りにお酒の香に親しんだ。原酒と称するだけに、このお酒は美味しくて、春の香りの立ち昇る肴によく合った。それにしても、ようやく春になって本当に良かった。日本の春は本当に楽しいなあ、美味しいものも沢山出て来るし、日本の春は良い。日本の春は、良い、良いと思っているうちに、美味しいお酒が、からだ中に快くまわり始めた。

生　薑

バリ島から、二日二晩の船の旅をして、スンダ列島のスンバワ島とフロレス島の間に浮かぶコモド島に行った。この島は、日本で言えば、隠岐の島程の大きさとでも言おうか、小さくも無し、大きくも無しの不思議な島である。何故に不思議かと言うと、この島には学名 *Varanus komodoensis*《ヴァラヌス・コモドエンシス》 俗称 Komodo dragon《コモド・ドラゴン》 コモド大蜥蜴《とかげ》というあたかも有史以前の大爬虫類、ティラノザウルスとかモサザウルスの生き残りのような、現存する世界最大の大蜥蜴が生存している所なのである。

蜥蜴というものが、そこいら辺の石垣の間をちろちろと蠢《うごめ》くだけの、平和な小動物であると思うのは早計である。このコモドの大蜥蜴は、兇暴の上に敏捷《びんしょう》であって、この島に多い鹿と野豚を常食として居り、三米《メートル》から三米半に及ぶ巨体で人間をも襲う。

この島は、地味が貧しく、野菜が良く出来ぬために、大蜥蜴を恐れながら、海岸で簡単な漁業に従って暮らしている三百人余りの島民は、雑魚以外に碌な食物も無く、僕が今迄歩いた世界中の何処の人間よりも粗食であった。海岸に打ち寄せる海藻の切れ端と、磯で獲れる小さなやどかりが彼等の最高の御馳走であって、常には、隣りのスンバワ島で出来る赤い色をした粗雑な米を、雑魚と交換して食べている。一食の量は驚ろくように少量で、一握りの堅い米飯が彼等の食事である。こんな生活であるから、彼等の総べては、栄養失調に陥っていて、壊血病と肺結核が暴威を振るっている。痰《たん》を吐き、喘《あえ》ぎ喘ぎ暮らす彼等は、生活を改善する方法をも知らず、又、方向も知らない。

コモド島に暮らした間、僕は、毎日のように、彼等に案内をさせて、島中を歩き廻った。目的は大蜥蜴を見るためである。森を抜け、崖を登り、草原を歩く。草原には食べられる草は殆んど無く、堅い菅《すげ》の類か、金鳳花《きんぽうげ》科の毒草しか無い。何故なら、食べ得る草は、総べて鹿が食べてしまうからである。だが、森の中には食べられる植物が幾つかあった。接骨木《にわとこ》、五加《うこぎ》、そして野生の生薑《しょうが》の類が数種類、等々。

その度に僕は彼等に訊《き》いた。

Makan.（食べるか?）

Tidak, tidak makan.（いや食べられない）

そして、僕は不思議に思ったし、哀れに思った。自然に取り巻かれて暮らしながら、自然に対して全く無知なのである。

これは何もコモドばかりで無く、文化の遅れている地域の人間の特性である。日本でも、田舎の人の食生活の幅は狭い。よく、南方では、食べられる物が周囲に多いから、生活が楽だと言う人がいるが、それは間違いである。食べられる物が多い事を、南方の人達は知らないからである。

森の中で、生薑を掘って、罐詰の食料の中に刻み込んで食べている僕を、彼等は、驚異の目で眺めていた。これは美味《おい》しいし、身体《からだ》に良いから食べなさい。僕はそう言って彼等に教えた。

コモドではこれから先き、生薑を食べるようになるかも知れない。

生薑は不思議な食物だと思う。それ自体をガリガリ食べる事は余り意味が無いけれども、生薑の持つ芳香は、肉や魚の生《なま》の匂いを消すのに、優秀な効力を発揮する。

あのさっぱりとした香りは素晴らしい。焼き魚に添えられた一本の生薑が、何《ど》れ程、口の中を爽やかにするかを知らない人はあるまい。

日本にも、日本独特のスパイスが色々とあると思う。茗荷《みようが》や、芹《せり》や、三つ葉や、山椒や、山葵《わさび》や、蓼《たで》などは、皆スパイスとしての効果を日本料理に発揮している訳だが、中でも、生薑の持つスパイスの価値を、もっと利用し、楽しんで良いと、僕は思う。

鰑

作曲という仕事は、よく誤って思われがちなように、インスピレーションだけの仕事では無い。確かに、どんな仕事にでもそうであるように、インスピレーションも大事だが、それよりも、特にオペラや交響曲の作曲のように何万、何十万という音符で総譜を埋めて行く作業には、粘着力、持続力が問題となる。

長い事机の上にへばりついた儘《まま》音符を書く仕事をしていると、そういう仕事を続けて行く上でのシステムが種々出来上がって来て、ある作曲家はがぶがぶとお茶を呑みながらでないと仕事が進まぬとか、ある作曲家は珈琲が無いと仕事にならぬとかの面白い話しをよく聞く。西洋の大作曲家に例をとっても、モーツァルトは、砂糖菓子《ボンボン》が机の上に無いといけなかったというし、ハイドンは大礼服に威儀を正さないと作曲出来なかったといわれる。グルックはシャンパンが必要だったというし、ブラームスには最上等の葉巻きが必要だったという。

僕は、昔は、作曲する時には金米糖《こんぺいとう》と氷砂糖が無いとどうも工合が悪く、楽想に行き詰まると、それらを口中に含んでは想を練り、時にガリガリ噛《かじ》っては筆を進めていたのだが、その二十代、三十代に続けていた習慣は、中年のこの頃では下火になって、矢張り、過度な糖分の摂取は差し控えた方が良い年齢にさしかかった事が原因して、氷砂糖と金米糖を殆んどやめて、——未だ机の上に置いてにあるには置いてあるが——この二、三年は、専《もっぱ》ら鯣《するめ》を噛るのが癖になった。大体、机の上の仕事を続ける時に最も大切な事は、同じ作業を続けている事に対する疲れを倦きに通じさせないようにする事であって、それは、気分転換をすれば良いのだが、部屋を出て庭を歩いたり、他の事に意識を集中させたりして気分を転換させ過ぎてしまうと、又もとの気分に戻るのが厄介になってしまう。そこで、口の中に何か含む事によって起こる程度の気分転換が一番良いという事になって、それには、余りお腹の張るおにぎりのようなものは駄目だし、珈琲では身体に悪いし、すぐ食べられてしまうような柔らかい物は駄目だしで、結局、鯣が良い事になったのである。

さて、そうして鯣を噛り噛り物を書くようになって、大きな仕事の前は、東京の百貨店《デパート》の地下の食料品売り場に出向いて、鯣を買い込むようになってみると、鯣には仲々多くの種類があって、五島の劔先《けんさき》鯣、萩の寸詰まりの鯣から始まって、その姿、味も色々である。鯣＝するめ、その発音は一体何が訛《なま》ったものだろうと思って調べてみたら、烏賊《いか》の事を昔墨群《すみむれ》と言った事があるのだそうで、それが訛ってすむれになり、それが又転じてするめになったのだという。本当かどうか判らないが、そんな事が「広辞苑」に出ていた。

仕事をしながら鯣を噛《か》む。鯣はふた通りに焼く。片一方はかりかりと噛《かじ》れるように良く焼き、片一方は、一寸火を通した程度にしんなりと焼く。それを交互に噛んで、作曲を続けているので、僕の書き上げた楽譜は、注意して嗅げば、鯣の匂いがするかも知れない。事によると、音楽それ自体も、鯣の匂いがするかも知れず、大きなホールで、僕の音楽を演奏すると、ホール全体に鯣の匂いが一杯になって、聴衆変じて嗅衆となるかも知れない。この頃は、個性の弱い機械的な音楽が流行していて、生活の匂いや、人間の匂いがする音楽が少なくなって来ているので、たとえ鯣の匂いであっても、多少は、個性的な匂いのする音楽もあって良いと思うので、当分は、鰯を噛りながら作曲するという癖を続けようかと思っている。

とんぶり

去年の秋、親しい友人から電話が掛かって来て、今日はキャヴィアを御馳走するから来ないかね、と言う。喜こんだ僕は、今日は、実は、〝お料理〟という雑誌から頼まれた今月分の原稿を書く日だから工合が悪いんだけど、いいや、そっちの方は延ばす事にして、今すぐ行くよ、と答えた。友人は、そうだ、そうだ、キャヴィアを食べる方が、原稿を書くより楽しかろう、じゃ、すぐに、待っているよ、と言った。

友人は、何やら嬉しそうに僕を迎え、すぐに、キャヴィアを肴に僕達はウィスキーの盃を交し始めた。ウォツカでなくて残念だったけれども、それは仕方が無い。呑みながら、僕は、未だ七ヶ国が占領していた頃のウィーンのソヴィエット地区で食べた、黒海直送のキャヴィアが実に美味かった事や、テヘランで食べたカスピ海のキャヴィアが実に美味《うま》くて、あの街では、キャヴィアが安いために、中身を刳《く》り貫《ぬ》いたオレンジに一杯キャヴィアを入れて、それをスープ用の大きなスプーンで食べる事などを話した。

友人は、さて、それでは今日のこのキャヴィアは何処のか判るかね、と言う。そこで、僕は、こんな事を言っては悪いが、一寸このキャヴィアは粒が小さすぎて、変に青臭いような匂いがして、色も冴えないから、相当古い罐詰だと思う、産地は判らない、と答えた。

友人は、とうとう、大声で笑い出して、このキャヴィアはね、うちの庭で穫《と》れたんだよと、狐につままれたような僕に説明した。その説明によれば、何時も僕の冗談に一杯食わされる仇討ちをしようと奥さんと相談した結果、庭で育てている箒草《ほうきぐさ》の実を穫って、それをキャヴィアだと言って僕に食べさせたのだと言う。でも、キャヴィアらしい感じがしたじゃないかと言う僕に、台所から出て来た奥さんが、その点が一番苦心したところなのよ、考えた末に、イクラの汁をかけて匂いをミックスしたのよ、と言った。

その時に、庭の箒草が沢山なった儘の種子と、穫ってから乾かしたもの、それを煮たもの、皮を取り除いたもの等を皆見せて貰って知ったのだが、種子は一旦乾燥させてから煮て、水道の水でよく洗い、それをよく揉んで皮を除去したら、皮を水で流し、それを食べると、キャヴィアのように、歯の中でぷつんぷつんと弾《はじ》けるようになるというのである。奥さんのお母さんが秋田の出で、秋田では、こうして作った箒草の種子の事を〃とんぶり〃と呼んで賞味するのだそうである。秋田は日詰《ひづめ》という町があって、そこがとんぶりの本場で、奥さんのお母さんがその近くの人なので、今日のとんぶりも、庭の箒草の実をこのように母が作って呉れました。と奥さんが言った。

そう知って食べてみても、キャヴィアは兎も角、ぷつんぷつんという歯応えが仲々良くて、洒落たものだと僕は感心した。面白い食べものもあるものである。そして、それが、実際に小さな箒を作る事も出来る箒草の種子であるところが又一際面白い。

とんぶりという名前は一体どういう語源なのだろうか、そんな事を考えているうちに、暫らくしてから、僕は東南アジアの旅に出る事になって、タイのバンコックを訪ねた。バンコックでは、王宮や寺院や、水の上の市場を見て歩いたり、南の果物を食べたりして楽しかった。そんな或る日、郊外にドライヴするためにバンコックの街を出ようとするところに、銅像の立っているロータリーがあって、その地域一帯をトンブリというのだと教わった。トンブリ、トンブリ、何か聞いた事がある名前だと思った途端に、あの箒草の種子の名を思い出した。恐らく関係は無いと思うが、偶然の一致とは面白いものだと思う。

いつか、機会があったら、秋田を訪ねて、秋田料理としてのとんぶりを食べ、出来たらば日詰をも訪ねて、とんぶりの栽培や収穫も見学したいと思っている。

カンガルー・テイル

この間、大阪で、不思議な人物に紹介された。その人は、何によらず変わった事を考え付いて、それを職業として実行する人で、今迄に色々と変わった事をし続けて来たけれども、最近、思うところあって、オーストラリアからカンガルーの尻尾の罐詰を大量に輸入したのだそうである。彪大な量の罐詰を、倉庫代が仲々高く付く最近の事だから、一先ず、自分の住んでいるマンションに運び込み、自分は、罐詰で一杯になってしまったマンションを出て、附近の安アパートの一室に取敢えず移って、さてその罐詰を売り捌こうと思ったところが、一向に買い手が付かず、結局、カンガルーの尻尾に高級マンションは占領された儘、自分は安アパートで困り果てていると言うのである。

「カンガルーの尻尾は、スープにすると美味いんだがなあ、日本人は判っちゃいないんだなあ」

とその人物は慨歎するのである。

それから二週間程して、僕は、急にオーストラリアに行く事になって、シドニーの街を歩いていた。日本を発ったのは七月の半ば、ぎらぎらと夏の日が照り付けていたのに、シドニーは真冬だった。赤道を隔てた北半球と南半球では、夏冬は反対になるのである。急に迷い込んだ冬の中で、僕は、スエーターを着込んだりしてシドニーの街を歩いていた。

シドニーの港には、とても美しい電車と自動車が二重になって渡るように出来ているハーバー・ブリッジという橋が掛かっている。その傍を歩いていて、僕は、ふと大阪で逢った不思議な人物の事を思い出して、今夜は、出来たら、カンガルーの尻尾のスープを呑んでみようと思った。

夕食に入ったレストランで、メニューを見た。有った。カンガルー・テイル・スープというのが有った。早速註文した。出て来たスープは、何故か少し黒く濁っていて、味も、期待外れだった。呑みながら、幾ら物好きの多い日本でも、これの罐詰では売れる気遣いは無く、この分では、件《くだん》の人物は、罐詰の山を何処かへ搬出する以外には、又マンションに戻る事は当分出来そうも無いと考えた。

オーストラリアにカンガルーが居る事は僕も良く知っていたが、あんなに沢山、草原の何処にでも居るとは知らなかった。中部オーストラリアの、アリス・スプリングという街の近くでは、ドライヴしながら、実に沢山の野生のカンガルーを見た。カンガルーが車に驚ろいて跳ねながら逃げる恰好は、幾分ユーモラスで、それでいながら優美だった。灰色カンガルーとか、襟赤カンガルーとか、小形のワラビーとか、種類も相当に多い。

オーストラリアは動物学的に面白いところで、子供を母親が腹の袋の中で育てる、所謂《いわゆる》有袋類が実に多く、カンガルーを始め、袋鼠、袋土龍《もぐら》、コアラ、袋針鼠、哺乳類でいて卵を生み、水中に暮らすかものはし、はては、今は絶滅しかかってはいるが、袋狼というもの迄居るとか、いや絶滅したとか論議されていて、不思議な大陸である。

帰る日に、デパートにお土産を買いに行った。あれこれ見ているうちに、カンガルーの毛皮を買おうと思った。柔らかで手触りも良いし、値段もあまり高からずで、丁度手頃だと思ったのである。種々な色のカンガルーの毛皮を、幾何学的な模様に縫い合わせたものも数枚買ったが、折角だから、剥《は》いだ儘の毛皮を、冬の間、書き物をする時の椅子に掛けたいと思って、店員に出して貰ったのだが、どれもこれも、あの、跳ねて逃げて行く時に優美な弧を描く長い尻尾が根元から切れているものばかりで、残念だった。カンガルーの毛皮を作る前に、きっと、スープ用に、尻尾は根元から切ってしまうらしいと僕は考えた。店員に訊ねてみると、よくは判らないけれども、きっとそうなんでしょうねと答えた。

尻尾の無い毛皮は、何か可哀そうな気がして、買う気がしなかった。結局、僕は、縫い合わせて四角にしてある敷物だけを数枚買って帰った。

カンガルーの尻尾の罐詰を沢山輸入した人物のその後は、僕は知らない。今度、大阪に行ったら、彼のマンションを訪ねてその後の様子を見て来ようと思っている。

花びら

京都のお茶屋さんに行くと、蘭の花の塩漬けにお湯をさしたものがお茶代りに出る事があって、淡彩で描いたような清楚な蘭の花が、湯呑みの中に浮かんでいる薄味のその呑み物の風情は、見たところにも、如何にも雅《みやび》やかである。お土産物屋に行くと、その塩漬けの蘭の花を入れた小さな壺を売っていて、それを買って来て、仕事の合い間にお湯をさして楽しんだ事もあったが、仲々良いものだった。この花は、日本中到るところの林中に自生する春蘭の花であって、春一番に、薄く陽の当たる林中に、緑の葉の中から、土筆のような形の薄白い蕾を立ち上がらせ、淡緑の小さな姿を開く。アジア特産の *Cymbidium* の一種で、この花をよく見ると、中におじいさんとおばあさんが居て、そのために、田舎の子供達はじじばばとこの花を呼んだりもするし、その蕊《しべ》の形が男女を表わしている気もするところから、もっと直接的な呼び方をする地方もある。そういうところから目出度いという事になって、お茶屋さんあたりで使われるようにもなったらしい。

目出度いと言えば、桜の花の塩漬けもお茶代りに用いられ、これは、色が美しい上に、桜独特のクマリン物質の香りも加わって、良いものだと思う。昔は、餡パンの上に、桜の花びらが貼り付けてあるのをよく見掛けたが、この頃では余り見掛けなくなった。

食べるという事になると、頭に浮かぶのは菊の花びらであろう。食用の黄菊の花びらを、酢に漬けて食べる。美味しいと言うよりは、秋の香りに親しむ情緒が主だと思うが、これも悪くない。

イギリスに居た時に、バラの花びらで作ったジャムを食べさせられた事があった。赤いバラの花びらは、甘く、香り高く、イギリス独特の薄焼きのトーストの上で、悲しいような舌触りだった。これも、美味しいというよりは情緒のものだと思う。この頃は、日本にも輸入品が出廻っている。

蜜を吸う習性がある動物は、昆虫を始め、熱帯に多い蜂鳥や、日本でも目白や鵯《ひよどり》鳥等多々あるが、花を食べるものとなるとそうざらには居ない。然し、日本でも、観察していると、鵯鳥は、蜜だけで無くて、花びらも食べるようである。八丈島の僕の家の近くには、椿が多いが、けたたましい声を上げながら椿の花に群がって蜜を吸っている鵯鳥の中には、花を銜《くわ》えたり、花を突き毀《こわ》して、蜜と一緒に、紅い花びらを呑み込んでいるのも居て、どうやらこれは食べていると言っても良さそうである。

西南オーストラリアに行くと、Honey Possum 若しくは Noolbenger と呼ばれる一種の子守鼠が居て、この小さな、背中に三本の黒い線のある鼠は、蜜と、花を食べて暮らしている。絶えず花が咲く暖かい国なればこそこのような食性の鼠が生きているのであろう。主として仙人掌《さぼてん》の花から花を追って、この種の子守鼠は忙しく動き廻る。

美しい花から花を追って暮らす。一寸羨ましいような気もするが、その美しさを鑑賞するためにでは無く、食べるために花を追う事になれば、花もロマンティックであるどころか、リアリスティックな食欲の対象になる訳で、そうそう楽しくはないだろうと思う。

花から花への生活、そんなものは、何となく人が考える表現だけれども、現実にそのような生活があれば、夢見心地どころか、苦い苦い生活だろうと思われる。

他人の芝生は青く見えるものである。

蝶のように花から花へと言われる色魔だって、色魔相応の苦しみを覚悟せねば出来ぬ事とは、「ドン・ファン」を読めば判ろうと言うものである。

くさや

冬から春にかけて島の周囲の海で漁《と》れ盛っていた飛び魚の季節が終って、島に内地より一足早い夏の緑が輝やく頃となると、南の海から黒潮に乗って室鯵《むろあじ》の大群が押し寄せて来る。

八丈島の漁業は、冬の飛び魚と夏の室鯵で成り立ち、海産物は、天草とくさやの乾物が代表である。

そのくさやは何から作るかと言うと、結局飛び魚と室鯵で作る訳で、逆に言えば、島で沢山漁れる飛び魚と室鯵を保存食品にするために、くさやの乾物が盛んに作られるようになったのだとも言える。八丈の飛び魚は大きいので、刺身や、特に骨ごと叩いてつくゝねにして、お汁の身にも良いし、又、そのつくねを揚げたものは特に美味《うま》いが、どうもくさやとなると、矢張り室《むろ》に一歩も二歩も譲ってしまう。室鯵は、まさにくさやになるために泳いでいるような魚で、島では室鯵を二種に分けて、赤室と青室と呼んでいるが、その二種とも、くさやの最高の材料である。

もともとくさやは、背開きにした室鯵を何度も、塩辛の上澄み液のような魚醤に漬けては乾かし、漬けては乾かしして作られる。夏の陽がかんかんと溶岩の道に照り返す頃から、秋の陽が日一日高く澄む頃迄、八丈島の神湊《かみなと》港の近くのくさや乾し場は、一面に乾し並べられるくさやで壮観を呈するようになる。そして出来たばかりのしゅんのくさやは、一寸毟《むし》るだけで身が剝《は》がれる程柔らかく、何とも言えぬコクのある味で僕達を魅了する。

くさやの本場は昔から新島と決まっていて、この乾物に無くてはならぬ種汁——魚醤——は、新島から大島へ、又、南へは、新島から三宅へ、八丈へと頒けられて渡って来たものだと言われている。そして、この魚醤は、酒のように、熟成させる程良い味となると信じられ、魚醤は、使ったものを捨てる事をせず、使いながらもそれを蓄え、熟成を重ねて行くのである。

僕は、八丈でくさやを食べる度に、二つの事を思い出す。

その一つは、ヴィエトナムのニョクマンの事である。数年前、南ヴィエトナムを訪ねた僕は、耳学問で知ってはいただけの、名高いニョクマンに、初めて親しむ機会を持った。ニョクマンは、ヴィエトナム人の好む魚醬の一種で、その臭気が甚だ強いために有名なのである。ヴィエトナム人は、魚料理だろうと、鶏料理だろうと、生野菜だろうと、米粉麵《ビーフンミン》の入ったスープだろうと、何であれ、このニョクマンをたらしたり、それに漬けたりして食べる事を好み、馴れぬ人は、その強烈な臭気で吃驚《びっくり》するらしい。僕は、八丈のくさや乾し場を思い出させるその臭気に、一瞬たじろいだが、二、三日するとその臭気にも馴れて、殊に生野菜などを食べる時には、一寸これが無いと淋しい気持ちにさえなった。

もう一つ思い出すのは、英一蝶《はなぶさいっちょう》の話しである。元禄時代に、江戸の絵師英一蝶は、朝妻船という画で将軍綱吉を諷刺したのが直接の罪過となり、危険思想の持主として、三宅島への遠島《えんとう》の刑に処せられてしまう。一蝶は、三宅島行きの流人《るにん》船が永代橋を出る前に、弟子達に、自分が元気なうちは、三宅島から江戸に送られて来るくさやの乾物の目に藁《わら》を結んで、目印とする事を言い残して行く。一蝶が三宅に流されてからは、弟子達は、手分けをして江戸中の乾物屋を探し、目に藁の結んであるくさやを見付ける度に、先生は無事だ、先生は無事だ、と涙を流し合ったという。

一蝶は、その後許されて江戸に帰り、享保九年に没した。江戸で弟子達と再会した時には、さぞやくさやの話しに花が咲いた事だろうと思う。そして、くさやの乾物を見る度に、辛かった三宅島での流人生活を思い出した事だろうと思う。

この話しは、江戸の時代に、既に、くさやが大層ポピュラーであった事を物語っていて面白い。くさやは、江戸どころか、もっと昔からあったに異い無い。そして、僕は考えるのだが、きっと、くさやの起源は、黒潮に乗って南方から伝わったのだと思う。ヴィエトナムのニョクマンと、くさやの乾物は、だから、案外系図の判然《はっきり》とした親類筋なのかも知れないと思う。

唐蜀黍

とうもろこしという名は可笑《おか》しいと思う。とうは唐である。もろこしは蜀である。詰まりは両方とも中国の古名であって、言ってみれば中国中国、若しくは、昔風に言えば支那支那という意味で、全く訳が判らない名前である。恐らく中国から渡って来たという意味でそういう名が出来上がったのだと思うのだが、それなら唐黍《とうきび》で良さそうなものなのに、二度も御丁寧に唐と蜀が重なるところが面白い。恐らく中国を経由して来た事がその原因で、外国種のものに、唐辛子、唐茄子、唐芋《からいも》等のように唐の付く名のものは多いが、二つ迄とうともろこしが重なっているのはこの唐蜀黍だけである。

ま、名前はそういう風に不思議だが、唐蜀黍は美味い。僕は夏の声を聞くと、唐蜀黍が食べられる事にわくわくして、もう出たか、もう出たか、と家人を促しては八百屋に様子を見に走らせ、まだですって、などとの答えを聞いては悲観し、ようやく出ました、などと聞けば、それ茹でろ、それ焼け、などと台所に出て行ってうろうろしながら興奮するのである。

唐蜀黍は、もいで早速に茹でるか焼くかしないと美味くない。これは定説であるし、僕自身も、自宅の菜園にさんざん作って実験してみた結果、そうであると信じるに至った。思うに、澱粉の多いあの粒々の実が、もがれると早速に酸化か何かを始め、味が落ちるのであろう。

まことに、唐蜀黍こそは、舌の散歩の夏の名所だと思う。茹でて塩を振ったり、バターを付けたりしても美味いし、一寸甘味を付けた醬油を付けながら焼いた香ばしさも絶品である。

ところが、この頃は、日本人一般が季節感を大切にしなくなった関係で、所謂《いわゆる》季節外れの花や野菜が街中に出廻り始め、桔梗《ききょう》とチューリップを一緒に生けたり、冬に西瓜が出たりする御時勢になり、唐蜀黍も御多分に洩れず、冷凍のものが年中見掛けられるようになった。

何度か試してみたが、冷凍の唐蜀黍は、今の所は未だびちゃびちゃと水気を帯びていて、美味くない。これは当たり前で、もいでからすぐ食べねば味が落ちるとさえ言われる程デリケートなものを、半年以上も凍らせた儘にしたりしては、美味い筈がある訳も無い。矢張り、唐蜀黍こそは、夏の風物詩の一つでなければならぬと思う。

冷凍されたものは、どの道味が落ちる場合が多いと思うが、例外もあって、前にも書いた事がある北海道で食べたるいべという、鮭の切身の冷凍は美味《おい》しかった。昔からアイヌが鮭を切って雪の中で凍らせて保存していた事から着想したというこの食物は、薄く切って舌に乗せると、しゃりしゃりとろとろと溶けて、何とも言えぬ上品な味となって咽喉を伝わるのだった。僕は、初めてるいべを網走で食べたのだが、余り美味しかったので、今でも網走の地名を聞くとこの味を思い出す程である。

アメリカに行くと、流石《さすが》に原産地に近いだけに、紫色のものや、妙に大きいものや、種々の唐蜀黍があるのに驚ろくが、極く小さい唐蜀黍は東南アジアから南中国にかけて栽培されていて、通常ベビー・コーンと呼ばれる小指程のこの種は、若いうちに摘まれて、中国料理、タイ料理に無くてはならぬ香りを添えている。わけても、このベビー・コーンを浮かせた野菜スープは、淡泊な中にコーンの上品な香りが漂っていて、美味しいものである。この集散地はどうやらバンコックらしく、この頃東京あたりの食料品店にも出廻り始めた罐詰のレッテルを見ると、バンコック製のものが多く、台湾でも作られているらしく、台湾製の罐詰もちらほら見掛けるようである。

我が家では、横浜の中華街でバンコックの罐詰を手に入れて、日本風のお澄しにも時々ベビー・コーンを浮かべるが、これは仲々評判が良いようである。

明日葉

八丈島の家に帰って来ると先ず、閉め切っていた家を開けて風を入れ、ガス・レンジに薬罐《やかん》を掛け、東京から着て来たスモッグに汚れた服を脱いで、島で愛用している普段着に着換え、薬罐のお湯が沸く迄の間を、護謨《ゴム》草履を引掛けて、庭に明日葉を摘みに行く。

明日葉《あしたば》は、またの名を八丈草と呼ばれている程この島に多く、昔から島の人達が好んで食べていた美味な草である。別にこの島の特産では無く、房総、三浦、伊豆、紀伊半島の南部、伊豆七島に自生している大形の芹《せり》科の多年草で、三つ葉や独活《うど》のような芹科独特の香気があって、折ると黄色の汁が滲み出るのが特徴である。一見猪独活《ししうど》や浜独活に似るが、食用になるだけに一段と柔らかい。西洋で言うAngelica《アンジエリカ》

に最も近い。

この植物は余程この島に性質が合っているらしく、別に植えた訳でも無いのに、庭のあちこちに顔を出して、ぐんぐんと大きくなり、秋に実を付ける頃には、僕の胸程の高さに育ち、幹の太さも腕程になる。三浦半島や房総で見掛けるものは、もっとずっと貧弱で、せいぜいセロリの小さい株位のものが普通である。

庭に出て、この若葉と枝先きの葉を摘む。黄色の汁が出て、芳香が漂う。島に帰って来た、さあさあ、今夜はこれを天麩羅にしようか、煮ようか、おひたしにしようかなどと考える。何時もそう考えては結局おひたしにする。アンジェリカ属独特の芳香が漂うこのおひたしは、八丈の我が家の名物である。

明日葉は伊豆の大島でも大いに食べられていて、あの島の方言ではあしたぼと言う。利《と》島、新島、神津島、三宅島、御蔵《みくら》島では何と言うかは調べてみると面白いと思うが、八丈島ではえいたぼ、やあたぼと言い、大島のあしたぼも含めて、皆明日葉の訛りである。

何故こういう名前が付いたかには二説あって、この葉は幾ら摘んでも、明日の朝になって見ると又昨日の通りに若葉を萌え出しているからと言うのが一つ。もう一つは、昔離島を度々襲った饑饉の際、兎も角この草を食べれば明日迄生き永らえられたためにこの名が付いたという説がそれである。どちらが本当か判らないし、どちらも本当に思えるし、どちらもこじ付けにも思えるし、まあ、物の名前の起源などは、常にこういうものなのかとも思う。

江戸時代に出た「七島日記」という古本を読んでいたら、この植物を鹹草と書いてあしたぼと読ませていた。その本にはあしたぐさとも言うと記されていた。「広辞苑」をひいてみると、この珍らしい字が矢張り出ている。

この島での味覚は、矢張り季節的に色々で、早春から暫らくは飛び魚。これは、くさやの干物にもされるが、燻製と、つくねにしておつゆに入れるが、揚げたものが特に美味しいと思う。夏は室鯵。これはくさやの干物が一番である。丸ごと白茹でにして、アンチョビ・ソースを付けて食べるのを好む人も居る。とこぶしも解禁になる。秋は赤はたや尾長鯛、青鯛等が釣れ盛り、赤はたは煮付けと味噌汁の身に、尾長や青鯛は刺身を好む人には刺身に良いらしい。

色々と美味しいものが一年を巡って現われる中で、明日葉だけはシーズンが無い。この強い植物は、冬も青い若葉を次々と出すからである。そこで、八丈に帰って来ると、先ず何よりも先に、庭に出て明日葉の若葉を摘む事が仕来りとなって、この葉の芳香に浸ると、島に帰って来た実感が初めて湧き、さあ仕事だ、書き物だ、作曲だ、と机に向かう気持ちになるのである。

僕にとっては、明日葉のすがすがしい匂いと仕事とは、密接に結び付いたものである。

西瓜の種子

作曲をしたり、原稿を書いたりする時は、余り大食をするのは良くないようである。大食いをして机に向かうと、頭が働かぬ上に、すぐと言って良い程、原稿紙の桝目や五線がちらちらし始めて、睡くも無いのに睡魔が襲って来る。睡魔と戦う事には馴れていて、それにはその方法があるが、何もわざわざこんな仕事の仕方をする必要は無い。要するに大食いをしなければ良いのである。

演奏をする場合も同じで、指揮をする前に食事をすると、流石に演奏中に睡魔が襲って来る事は無いにしても、身体が重く感じられて、甚だ敏ならず、遂には、一体何のために演奏しているのだろうなどと、とんでも無い邪念が起こり、自分が真底からの演奏家で無い事を自分で反省したりする妙な事となる。何をするにしても、大食は、俗に言われるように、胃袋に血が集まってしまうために、神経や頭脳には良くないのであろう。

そこで机に向かう時は、少々空腹を感じる程度に自分を調節して仕事にかかるのだが、そうすればするで口淋しいので、永年の間に、机の上には、氷砂糖と金米糖、その後は鯣《するめ》と西瓜の種子を入れた壺を置く習慣が出来上がった。色々試してみた結果、キャンデーやドロップでは口の中にあくが残るので駄目なので、甘い物は、殆んど砂糖その他の氷砂糖と金米糖が良く、鯣は鯣なりの理由、そして西瓜の種子は、中華料理の材料店に行って買って来たそれを、その儘、空いた方の左手で口に運び、前歯でパチンと割って香ばしい中身をかじるのである。書くというじっとした身体をほぐすのに、この位の動作は丁度良いし、ペンを持った右手を使わなくて済むので丁度良い。種子の中身は乾いていて小さいから、お腹を一杯にする心配も無い。

「おい、西瓜の種子がもう無いぜ」

と言うと、家人は、台所の棚の上の罐から西瓜の種子を出して来て、机の上の壺に入れて呉れる。そうして、台所の罐の中が空になると、車を運転して横浜の中華街に出掛け、顔見知りの店から、他の中国料理の材料のもろもろと一緒に、ビニールの袋に詰めてある西瓜の種子をしこたま買って来るのである。

西瓜の種子は瓜子《クワーチー》と呼ばれ、白いのと黒いのがある。白いのは本当は西瓜の種子では無く、南瓜《カボチャ》の種子だと思うが、おのずと味がそのそれぞれ異って、白い方は柔らかくて身が多く、黒い方が歯応えがあって身が小さい。両方試してみて、僕が仕事中に食べるのは黒い方である。黒い方の種子は多くの場合五味香《ウーミーシャン》という香料で匂いが付けてあって、その種の芳香も良いのである。

中国料理では、瓜子は食卓のアクセサリーのように、料理の出る前から既に銀器に小量盛られて出されている場合が多く、前菜が運ばれて来る迄の間を、客は歓談しながらこれを摘まみ、パチンパチンと前歯で割って食べるのである。中国で見ていると、多年の馴れからであろう、我々のように、種子の一箇一箇を持って、縦に歯の間に持って行くような面倒はせずに、幾つかを口に抛り込んで、手を用いずに、舌で歯の間に縦に位置させてパチンパチンと割る人が居て、熟達してみたいと思って随分練習したけれどもこれは上手《うま》く行かなかった。

永い事瓜子を買っているうちに、随分と瓜子にもメーカーによって美味《うま》い不味《まず》いがある事を発見した。メーカーの良し悪しだけでは無く、作られてから余りに年月の経ったものは乾き過ぎていて不味いし、型の揃っていない安物は矢張り不味い。美味しいのは、型が揃っている上に、種子の表面に艶があって、じっと見ていると、美味しい不味いが判るのである。

こんなものをかじりながら、机の上にへ貼《ば》り付いている僕を、友人は笑うが、僕の方は、永い間に出来上がった自分流の習慣を変える事もせぬ儘に、今日も、瓜子をかじったり、氷砂糖を舐めたり、鯣をしゃぶったりしながら、文字を書いたり、楽譜を書いたりしている。

おこし

不思議な事だと思うのだが、上等なお菓子というものは、沢山食べられない。上等なお菓子は、無論美味しくて、中には、その品格から言っても、芳香から言っても、誠に止事《やんごと》無く感じられるものもあるのだが、結局美味しいからなのだろう、沢山は食べられず、又、沢山食べる可きものでは無い気がする。

沢山食べられるお菓子は、だから、上等で無いものに限る。金米糖、氷砂糖、赤く染めた鯛煎餅、そして、おこしの類などはその意味で、何だか訳が判らぬ程に懐しくて、懐しいながら余り美味しくないところから、沢山食べられて、良いものである。

僕は、書き物をする時に、成る可く机を離れずに気分転換をする方法をいろいろと考えた末、机の上に幾つかの鉢を置いて、その一つ一つに、氷砂糖、金米糖、鯛煎餅、おこしの類、中国の瓜子《クワーチー》、そして、これはお菓子ではないが鯣《するめ》を盛り、行き詰まると氷砂糖を舐め、次の頁で行き詰まると鯛煎餅をかじり、金米糖、おこし、鯣と、次々に、空《あ》いている左手は、鉢の上を行ったり来たりするのである。仕事をしているところを家族以外の他人に見せる事は先ず無いが、時たまこの情景を垣間見る友人達は吃驚して、こんなものをかじりながら書き物をしていては、胃を悪くするぞ、糖尿病になるぞ、と心配するが、この二十年間、これに類した仕事の仕方を続けて来て、胃も悪くしないし、糖尿病の気《け》も出ないところを見ると、結構、こんなものは、少々食べ過ぎても大した事は無いらしく思える。これが上等なお菓子だと、こうは行くまいと思うし、西洋菓子やキャンデーでもこうは行くまい。そんなものをこのようにして食べたら、それこそしつこくて、口の中がねばねばになり、胸も重くなってしまうだろう。西洋を旅しながら書き物をする場合は、だからとても困って、チョコレートだのクッキーの類を買い揃えて、それを摘まみながら仕事に掛かってみたのだが、矢張りこれは駄目だった。

ところが、この頃困った事が起こって、菓子類が時代とともに上等になって来て、先ず、安物の鯛煎餅が中々入手困難となり、田舎や場末を歩いた時に余程注意して探さないと、金米糖ですら、こちらの気に入った粗末なものが見当たらないようになって来た。氷砂糖も、本当のもので無く、型に入れて四角に作った妙なものが増えつつあって、おこしも亦、上等がって、ちゃらちゃらのセロファン紙に一つ一つ包まれるようになり、そうなると、おこし独特のしなしなとした湿けが無くなって、感じが出ぬ事おびただしいのである。僕の好むおこしは、浅草のお土産のような、大型で、何と無く湿けていた方が良く、分けても、赤く染めた達磨《だるま》の形をしたものなどが最も良いのである。従って、一ヶ月に一度位は、浅草の仲見世におこしを買いに出掛け、帰りに、吾妻橋のほとりでビールを飲み、駒形の泥鰌《どじょう》屋か、吉原の馬肉屋で夕食を済まして帰って来るような不思議な習慣が出来たりして、そんな事をする日には、三題噺しのようなその手順を可笑しく思ったり、何で又最近は、お菓子の類が西洋風になり切ってしまったものか、そして、残っている日本風なものの中でも、粗末であるが故に尊いものが、何で又上等がるのかを考え、その事が、考えてみれば、今の日本のいろいろな面にも当て嵌まる愚かしさに共通する事にも思い当たったりするのである。

おこしが一つ一つちゃらちゃらのセロファンなどに包まれてしまっては、おこしがおこしで無くなってしまうじゃないか。

鯨

大手の水産会社の創立六十周年に当たって、社歌の作曲を依頼されたので、雄大にして希望に満ちた歌を作ろうと思って、一生懸命にその仕事に従った。何しろその会社は、地球上の七つの海の総べてに船を送り、世界中の魚を漁獲しているのである。スケールの大きな歌で無くては似合うまい。

一ヶ月程して社歌は出来上がり、録音されて、会社の方々も、これは雄大で良い、我が社の気風にぴったりです。毎日、昼休みにはこの歌を社内に流し、船団でも歌わせますと、本当か嘘かは知らないが、喜こんでくれた。

それから数日して、会社の方から電話があって、社歌も出来上がって、社内での評判も良いので、慰労も兼ねて、我が社の漁獲物で、一献差し上げたいという申し出があったので、喜こんで御好意をお受けする事にした。久し振りで、上等な鯨で一杯やれると、その日の来るのを楽しみにした。僕は、鯨が好きで、東京に出て、デパートの食品売り場に行った時に、鯨の尾肉の良いのを見付けると、喜こんで買って帰るのである。ところが、この頃は、鯨の捕獲制限のためであろう、上等な尾肉には殆んどお目に掛かれ無くなってしまっているのである。

さて、流石に、漁獲元の水産会社の供してくれた鯨は、尾肉と言い、さらしと言い、誠に上等だった。先ず尾肉の刺身。少しの臭気も無く、尾肉独特の霜降りが、舌の上で溶けるようだった。大きな鯨でも、尾の付け根に僅かしか無いこの部分の肉は、僅かしかないために貴重だし、絶えず運動しているために油が良く廻っていて、実に美味である。次は百尋《ひゃくひろ》。これは、鯨の腸の輪切りの蒸したもので、薄く切って、味も姿もハムに似ている。次は、軟骨の千本の酢の物。松浦漬けに入っているあの軟骨の部分を細切りにした酢の物で、歯当たりが実に良い。次はさらし、これが美味である事は、どなたも御存知の通りである。一寸甘目の酢味噌で和《あ》えてあるのが普通だ。尾羽雪とも言う。

御馳走は、南氷洋から北氷洋に飛んで、今度は、鱈場蟹《たらばがに》とずわい蟹が山盛りに出た。地球の天辺《てっぺん》とどん尻を両方食べているような壮大な気分になって、矢張り、雄大な感じの歌がこの会社のためには似合っていたのだと考えた。

　鯨の肉には思い出が色々とあるが、何と言っても、思い出すのは戦時中の事である。戦争中、蛋白資源の欠乏時代、鯨の配給は有り難かった。但し、そうしてお目に掛かる鯨は、尾肉どころか、下腹部だの、背中だったのだろう。実に厭な匂いがした。その匂いは靴のような匂いだった。或いは、靴も鯨などで作られていたから、靴と配給の鯨の肉が同じ臭気を持っているのは当たり前だったかも知れない。兎に角、その頃の鯨は非道《ひど》い匂いがして、我慢して食べ、有り難く食べはしたが、余り美味とは言えなかった。

　その頃、海豚《いるか》の肉を誰かから貰った事がある。これも非道い匂いがしたが、生薑《しょうが》や葱を一緒に刻み込んで、構わずに食べてしまった。これ又美味とは言い難かった。

　数年前にアラスカの北の方に行った時、海豹《あざらし》を食べた。これ又一寸変妙な匂いがして、もう二十何年も昔になってしまった戦争中の鯨の配給を思い出した。鯨も、海豚も、海豹も、言ってみれば皆海獣であって、海獣と言うものは、皆同じような油臭い匂いがするものらしい。恐らく、冷水の中に棲息するためには、皮下に多量の脂肪を蓄えねばならず、その脂肪分が、食料である魚類の匂いと相加わって、あのような匂いのする肉を作り上げるのであろう。

胡獱《とど》だとか、膃肭臍《オットセイ》だとか、鯱《しゃち》などというものも、未だ食べた事は無いが、食べてみたらばきっと同じような匂いがするに違い無い。

名古屋に行って、お城の屋根の上の金色の鯱鋒《しゃちほこ》を見る度に思うのだが、鯱や、海豚や、胡獱や、膃肭臍なども、尾の付け根の肉は、悪臭が無くて、美味いのでは無いかと思う。

いつだったか、名古屋城の金の鯱鋒を盗もうとした奴があった事が新聞に出ていたが、あの男なども、案外僕と同じような事を考えて、鯱鋒の、あのぴんと立った尾を見て、食欲を起こしたのかも知れぬ。そうだとしたら随分美食家の泥棒もあったものである。

美味しい鯨の尾肉の刺身を頂戴して、色々な事を思い出した。

豚の耳

沖縄に着くと、何が何でもすぐさま駆け付けるところがあって、そこは、那覇の、国際大通りの裏手にある市場である。那覇に行く人達は、何か勘違いをしている人が多くて、国際大通りの時計屋や、土産物屋に入り込んで、やれ時計が廉《やす》いだの、香水が廉いだのと、つまらぬ買い物ばかりに狂い廻り、ジョニー・ウォーカーが廉い等と言って、大量に酒を買ったりするようである。数年前だったが、人民の友人である筈の日本社会党の連中（だったか、総評だったか、余りの愚劣さに忘れてしまったが、どちらにしてもその種の人達）が視察に行った筈の沖縄から、沖縄人民の苦しみをよそに、ジョニー・ウォーカーの酒壜を沢山ぶら下げて帰って、世間の冷笑を買った事が新聞に出ていたが、兎も角、そんな事ばかりを繰り返しているようである。酒を買った心算で冷笑を買って帰る社会党も買い違えたものだが、凡《およ》そ日本の〝政治に関与する人間〟は、自民党であれ、社会党であれ、共産党であれ、どうせ碌《ろく》な者が居る筈が無く、その程度の文化低き人間に限られているのだから、笑う者は政治を過信しているからなのであって、何も社会党を笑う必要も無いのである。

さて僕は、時計や香水や酒などを買わぬ代わりに、国際大通りを裏手へ曲がり、市場に飛び込むと、まず〝あしちびち〟を注文する。

あしちびちとは何か。これは、豚の脚先の煮込みであって、爪などもその儘の姿で煮込む。そいつを、丼一杯の飯の上にぶっかけてがつっと食う美味さは、実に何とも言いようが無い。

その次に好きなのが〝からすぐゎどうふ〟である。これは、春になると沖縄沿岸に押し寄せて来る、日本で〝あいご〟と呼んでいる魚の子供を姿の儘塩辛にしたものを、冷たい豆腐の上に載せて食う、清冷料理である。あいごの事を、沖縄ではからすと呼び、その稚魚であるから、縮小名詞であるぐゎを付けて呼ぶ。このぐゎという縮小名詞は、よく使われて、可愛い娘の名前の後にも付けて、例えば、トモちゃんという娘を呼ぶ時は、トモぐゎと言った工合に使われる。

さて、そのあいごという魚は、背鰭《せびれ》の第三刺が毒針になっていて、日本内地では、黒鯛釣りなどをしている場合、若しもあいごが掛かったなら、余程注意しないと危ない。刺されると非道《ひど》い目に逢う。然し、関西では、この魚を狙う釣りがあって、餌は、酒糟を丸めたものが良いと言う。この魚は、酒呑みなのであろうか。そういう訳でもあるまいが、からすぐゎ豆腐は、酒、ことに沖縄の古酒《くす》（泡盛り）によく合う。

その次に好きなのは〝みみぐゎさしみ〟。これは、豚の耳を蒸して刺身にしたもので、酢味噌や大根おろしで食べる。実にこの味も、沖縄ならではの、素晴らしいものである。ぷりぷりしたその歯ざわりが何とも言えない。

さて、まず駆け付けた市場でそれだけのものを食い、それに相応するだけの泡盛りを呑み、一落ち着きして、仕事に掛かる。それが僕の沖縄での第一課である。

この前、パリを歩いていたら、豚の耳の料理のメニューにぶつかった。急に沖縄を思い出して懐しくなり、その料理を注文した。豚の耳をフライにしたもので、美味しかったけれども、とてもとても沖縄のみみぐゎさしみには敵《かな》わなかった。そういえば、ヨーロッパでは、豚の脚もよく食べる。オルソ・ブッコという料理は、豚の脚の関節を茹でたもので、言ってみれば、これはヨーロッパのあしちびちである。然し、これも、僕の好みでは、沖縄の方に軍配を上げたい。

考えるのだが、沖縄の人は、味覚的に余程すぐれているのでは無いかと思う。材料の点でも、世界一だとよく言われるフランス料理に似たものを使っているし、然も、それでいて、フランスより美味しくそれを調理するのだから、尊敬して良い。

こういう尊敬す可き人達が日本に復帰したのだから、日本人も余程感覚を磨いてかからないと、沖縄の人達に悲観されてしまうと思う。ジョニー・ウォーカーを買いに行くような政治家達には、沖縄の人達は、良い顔をしないだろうし、それが当たり前である。

手の効用

フォークを西洋人が食事の際に用いるようになったのは、思ったより新しい事で、十三、四世紀迄は、ナイフで肉を切っては、それを手で食べるのが西洋の食事の方法だった。

それに較べて、東洋の箸は、随分昔からあったらしい。「古事記」の、須佐之男命《すさのおのみこと》の八俣大蛇《やまたのおろち》退治のくだりに、流れて来る箸を見て、その川の上流に人家があるのを知る場面があって、幻想的な物語りの中の場面だから、信じる信じないは別な事としか言いようが無いが、それ程古くからとは言わぬ迄も、中国から渡来したと思われる箸は、兎に角随分昔から用いられていたらしい。

箸は、中国の文化圏内には広く使われていて、北は蒙古の、羊を割いて食べるための刀の鞘には、箸が差し込めるようになっているし、南は、昔の中国領で、今でも漢字が通用する越南（ヴィエトナム）でも、人々は箸を用いて米粉麺《ビーフンミン》を啜《すす》っている。然し、箸はヴィエトナム迄で、その西側のカンボディアに入ると姿を消してしまい、その代わり、矢鱈《やたら》にスプーンが使われるようになる。

息子を連れて東南アジアを一巡して、ジャカルタに行った。僕はジャカルタに着くと、ヌサンタラのパダン料理店に先ず駆け込む事を習慣にしている。パダンは、メダンと並んで、スマトラの有名な都会だが、そこの料理が美味なために、ジャワ島にもその料理は進出していて、ジャカルタ市内にも、何軒ものパダン料理店があり、特に、ヌサンタラのパダン料理は美味くて人気がある。ジャカルタに着いた僕は、数人のインドネシヤの友達を誘い、この街が初めての子供を連れて、先ずヌサンタラへ駆け込んだ。

料理店は、混雑していた。独特な香料の匂いが漂う中に、食卓には、小皿に盛った種々の料理が運ばれて来た。パダン料理の特徴は、メニューで注文する事をせずに、店が出して呉れる小皿に盛った品数の多い料理の中から、好きなものを、好きなだけ食べれば良いのである。よくしたもので、店は、客の食べた料理の分だけの金を請求するから、無駄が無くて、安く済む。例えば、小皿に魚の揚げたものが三尾盛ってあったとしても、こちらが一尾だけを食べれば、一尾分だけを払えば良いのである。

魚の揚げもの、南蛮煮、鶏の唐揚げ、野菜の炒めもの、肉団子、炒飯《ナシ・ゴーレン》等の皿を目の前にして、僕は上機嫌だった。パダン料理の中で最も美味いと思う羊の脳味噌の煮物も湯気を立てている。

「さあ、食べよう」

僕は息子に言った。

息子はぽかんとしている。箸もスプーンもナイフもフォークも無いからである。

「パダン料理は手で食べる」

僕が言い、手本を示しに掛かった。

箸やナイフ・フォークで物を食べつけていると、いざ手で食べる段になると、案外上手《うま》く行かぬものである。鶏の唐揚げのような塊りは何でも無いが、御飯や、煮魚などは、指先にそれ等が附着して、仲々上手に食べられない。四苦八苦して、指を舐《な》めたりしている子供に、僕は、いいかね、御飯などは、摑んではいけない、こう風に、拇指《おやゆび》の背に載せて、ぽいと弾くようにして、口の中に投げ入れるんだ。そうそう、そういう風に、あ、左手は使ってはいけない、左手は、御不浄に行って、うんこを拭く手だから、食事には使ってはいけない、などと教え続けた。

息子は、すぐに要領を呑み込んで、指先に御飯粒などを附着させずに食べられるようになった。

僕は、食べながら、昔々はこうして食べていた人類が、箸やナイフ・フォークを使う習慣を得たがために、かえって手で物を食べることを下手《へた》になってしまった可笑《おか》しさを考えていた。

それにしても、パダン料理は美味く、安かった。僕達は、ビールを呑み、随分沢山食べ、羊の脳味噌の煮付けに舌鼓を打ち、デザートのアヴォカド・チョコレートを楽しみ、満腹して、六人分千四百円を支払って、夜のジャカルタの街をぶらぶらと歩いてホテルへ帰って来た。

蘭

この数年、日本の野生蘭に興味を持って、散歩や山歩きの際には、野原に居ても、林の中を抜ける時も、深い森の中でも、周囲を注意して見る習慣が付いた。日本には、地生蘭、着生蘭を合わせて大体百六十数種の蘭科植物が野生していて、どこの林の中ででもすぐに見る事が出来る春蘭や深山鶉《みやまうずら》や雲霧草、日向《ひなた》に多いねじ花、美しく形の面白い花の咲く熊谷草《くまがいそう》、敦盛草、海老根の類、湿原の鷺草《さぎそう》、鴇草《ときそう》、老木や岩の崖に着生する石斛《せっこく》、風蘭、植込みの馬酔木《あせび》や、こんなところにと思われるような樹幹に着生している可愛らしい榧蘭《かやらん》、麦蘭、瓔珞蘭《ようらくらん》等々、見付けて蒐め始めると仲々楽しい事になって、今や、我が家では、部屋という部屋、庭の方々に、日本の野生蘭が一杯という事になった。

カトレアやシンビディウムのような所謂《いわゆる》洋蘭を育てている人は多いが、洋蘭の多くは人工的な交配の結果作出されたものが多いためだろうか、けばけばしく、豪華に過ぎて、それに較べて、楚々たる日本の野生蘭は、地味ではあっても、その地味なところがまた人を惹き付ける要素となっているようである。

ずっと前に、春蘭の花を塩漬けにしたものをお茶のようにいれて飲む事を書いた記憶があるが、蘭は、鑑賞用以外にも、意外に色々と利用されているらしい。先ず、石斛が不老長寿の霊薬として民間に用いられている。石斛は、砥草《とくさ》に似た茎を持った、春に美しい花を着ける日本のミニ・デンドロビュームだが、物の本に依ると、昔は長生草、長生蘭とも呼ばれ、また、サルダヒコノクスネ—猿田彦の薬根—と呼ばれて、全草を煎じて薬としたと言う。声を良くするための薬とも信じられている。そこで、早速、鉢の石斛の二、三本の茎を蔭干しにして、煎じて飲んでみると、一寸甘いような芳香がして、成る程元気になりそうな気がした。然し、もともと元気な人間が元気になりそうな気がしてみても、どうという変化は無い訳だし、薬にするよりも、愛育する方が石斛のためだと考えてこの実験は一度限りにした。

岡見義男という方の著した「ラン」という本を読んでいたら、蘭の利用面が可成り詳しく書いてあって、それに依ると、先ず、薬は、石斛以外にも沢山あって、アフリカのブルーボン地方に野生するファームという蘭からは、ブルーボン茶が作られ、消化不良や肺結核に効くと言われ、また赤痢や歯痛や瘤腫に効く蘭もあるとの事である。蘭科植物から作られる香料としては、誰でも知っているヴァニラがそうだし、驚ろいた事には、ブラジルでは、蘭科独特の偽茎―ヴァルブ―を潰してにかわの代用にするカタセトークという種類があったり、タスマニアでは、サセモイデスという種類の蘭の偽茎を、タスマニアン・ポテトと呼んで、もりもりと食っているらしい。

所変われば品変わると言うが、所変われば、あらゆる変わった種類の蘭があるから、こういったさまざまな利用面も出て来る訳で、同じ蘭でも、鑑賞用だけで無く、薬や、食料に迄なる物があるという事を考えると、実に面白いと思う。

そろそろ、秋も本格的になると、これからの日本は、寒蘭の季節になる。寒蘭は、仲々デリケートな点があるので、これからの毎日は、手入れに忙しくなる。

庭の隅には、晩夏以来咲き続けている花季が長い鶴蘭の白い花がまだ咲いていて、木洩陽の中に、その白い花の塊りが、柔らかく浮かんでいるのが、書斎の窓越しに美しく見えている。

東と西

箱根だか鈴鹿だかを境として日本人の舌は異なるらしくて、東京から大阪に行くと、これは一体どうした事かと驚ろく位、食べ物が美味しくなる。美味しいだけでは無い。品《ひん》も良くなる。

僕は永い間、この理由は何だろうと考え続けてきた。そうして色々な人に訊いてみた。瀬戸内の魚が良いから、材料を吟味するから、何と言っても歴史が物を言うから、等々、さまざまな理由が考えられた。どの理由も正しく思われる一方、どの理由も薄弱な気がする。瀬戸内の魚が良いとしたところで、アフリカやメキシコやオーストラリヤまで日本の漁船が活動している昨今を思うと、真逆《まさか》関西にとって近いからと言って、瀬戸内の魚ばかりが食膳に上る筈も無いし、歴史が味に反映するのは真実であっても、ふと入った大衆食堂まで大阪の方が東京より美味いという理由の総べての説明になるかどうか。

――大衆食堂で思い出すのだが、その一番良い例は空港の食堂であろう。

東京・羽田の空港には、二階に「やよい」という大衆食堂があって、大阪・伊丹空港には「和甲」という食堂がある。大阪と東京を往復する用が多い僕は、その双方を利用する度数が比較的多いが、同じような物を同じような値段で供するこの二つの食堂を比較してみると、最も簡単に、最も明確に、東と西の味の異いが判るような気がする。

先ず、羽田の方は、考えられない位がさつである。殊に、朝の定食を食べるために「やよい」に入った人は、そのがさつさに、或いは怒り、或いは驚ろき、或いは呆れ、客というものがこの位乱暴に扱われる事に、返って痛快なマゾヒスティックな快感を得るに違い無い。先ず、食券を買う。――大阪の「和甲」はこういう乱暴なシステムでは無いが、それは兎も角として――食券を買って待っていようが、いつまで経っても食事は来ない。忘れた頃に運ばれて来る朝の定食は、何と、飯茶碗が無くて、小さなおひつからじかに飯を食うのである。ずっと前は、おひつから飯茶碗に一旦ご飯を移して食べるように飯茶碗が付いていたが、面倒になったのであろう。この頃は、おひつからじかに飯を食う仕来たりになって、そういう乱暴な仕来たりを持たない我々は、妙に変妙な気持ちになる。先ず、双方の異いは、食物を載せてあるお皿、おつゆの椀からして異う。そして、くだくだ言う必要は無いが味も全く異う。

「やよい」で見ていると、食券を買って、それを机の上に置いて待っていても、仲々料理が来ないのは当たり前で、働いている人が全体的に不足である。その不足の一人一人は普通に働いているのだが、客が多いために、手が廻らないのである。勢い、五月蠅《うるさ》く騒いで文句を言う客には早く持って来るが、静かに待っている客は後廻しになる。働く人にとってみれば、幾ら働いても同じ賃銀ならば、普通の働き以上に働かないのは当たり前であって、ああいうシステムならば、外国のレストラン的にチップ制にするか、さもなくば、一そ働き手をもっと少なくして、セルフ・サービスにする方が合理的だと思う。要するに、どちらつかずのシステムが、サービスにも、味にもマイナスしているとしか思われない。

東と西の味の異いは、よく考えてみると、結局、このシステムの差である。東京は中途半端で、関西は徹底的にサービス業としての自覚に支えられているから、皿までに気を使い、その事が味に反映するのであろう。

箱根だか、鈴鹿だかを境として、味が変わる原因が、こんなところにある事を、案外大きな事として受け止めてみると、面白い事に、箱根・鈴鹿は、日本を東西に分けるだけで無しに地球をも二分している事に気付く。東京をもっと東に延長すればアメリカであって、ここの味の悪さは定評がある。大阪をもっと西に延長すれば、味のユートピア中国もあるし、その先はフランスにも及ぶ。

東の方程味が悪く、西の方程味が良い。これは地球上の定理であって、まさに不思議な現象である。

昔、「幽霊西へ行く」という映画があったが、幽霊は案外美味しいものを求めて西へ行ったのかもしれないなどと考えると、可笑しな気になる。

釣餌

海釣りの餌にも色々とあって、真鯛や鱸《すずき》釣りに使われるさいまきと呼ばれる小海老から、鱚《きす》や鯊《はぜ》釣りの砂蚕《ごかい》や万能餌の磯女《いそめ》等の環状虫類、黒鯛釣りに媚薬的な効果を発揮する蚕の蛹《さなぎ》、石鯛、寒鯛のための栄螺《さざえ》、身餌《みえさ》と呼ばれる、大型魚類の好む各種の鰯類、鮪の延縄《はえなわ》のための秋刀魚《さんま》の塩漬け等々、大層な種類のものが餌として扱われている。典型的な雑食魚である黒鯛は、蛹や磯女のみならず、地方地方に依っては、牡蠣《かき》、烏賊《いか》の内臓、西瓜、蜜柑の果肉までが餌となる。海水浴場では、海水浴客が食べ残した西瓜が海に流れ、附近の黒鯛がそれを食べ馴れてしまっているから西瓜を餌に使う訳だし、静岡県の由比では、罐詰工場で捨てる蜜柑の不要部分を食べ馴れた黒鯛が、蜜柑の果肉を好物としているのである。

一番穢らわしいと思ったのは、人糞を餌としてめじなを釣る方法で、各自自分の排泄物を船に携行して、小さなまな板の上でそれを捏《こ》ねまわして、適当な柔らかさと大きさにした上で釣鉤《つりばり》に付ける訳で、この餌には割合いに大きなめじなが掛かるとの事だったが、その餌で釣れた大めじなを刺身にして食う神経を僕は理解出来なかったし、第一、そんな船に乗り合わす勇気も持てなかった。

昔、黒鯛釣りに凝っていた頃、釣り場で知り合った、同じく黒鯛釣りに凝った友人を何人も僕は持っていたが、その中には、凝った余りに、稍々《やや》常軌を逸した人も居た。例えば、目の良い黒鯛に釣糸をどう染めれば見えないかを実験するために、子供の潜水眼鏡を借りて風呂桶の中に身を沈ませ、釣りの仕掛けを湯に降ろして、湯の中でそれを観察していたのは良いが、余りに長時間その実験を続けたために、のぼせ上がって人事不省となった人や、見るでさえ不気味な環状虫類の磯女の、頭の方が美味《うま》いか尻の方が美味いかを確かめるために、黒鯛になった心算で食った人もいたのである。その人は、一丁四方の魚が寄って来るという理由で、関西では一《いち》寄《よ》せとさえ呼ばれる位に魚が好きな餌の事ですから、人間にとっても美味かろうと思って食ってみましたが、どうも余り感心しませんでした。三杯酢にでもしたらどうかと思って、スパゲッティを食う要領で、フォークで食べてみましたが、どうも美味いとは言えませんでしたなあ、などと言っていた。まさに驚ろくべき人が世の中にはいるものである。

然し、考えてみると、さいまきなどは、鯛釣りに行って不漁の時は、持って帰って唐揚げにして食えばまことに上等だし、各種の身餌はどれも人間にも美味いし、栄螺や牡蠣や西瓜や蜜柑も美味いし、蛹だって信州あたりでは食うし、魚に美味しいものは、人間にも美味しいのかも知れない。姿の悪い磯女、砂蚕の類や、人糞はお断りだが、食い馴れれば案外美味しいのかもしれない。

これが淡水の釣りになると、又面白くなる。鯰《なまず》や雷魚釣りに欠かせない蛙は、フランスや中国では大いに珍重するし、渓流の釣りに使うイクラも上等食品である。へら鮒《ぶな》の薯練り、お粥練り、饂飩《うどん》等は、寧《むし》ろ人間の食料が釣餌に進出したように思える位である。

これも随分と昔、戦争中に、箱根の芦ノ湖にうぐいを釣りに行った事がある。餌は、何故かホットケーキのような、粉を焼いたものであった。深みに小舟を留めて、道具を下ろすと、大きなうぐいが幾らでも釣れた。単調な釣りなので、或る程度釣ってしまうと、皆倦きてしまって、胴の間に引っ繰り返ると、青空を見たり、昼寝をしたりした。誰かが、うぐいのための餌を食ってみて、美味いぞ、美味いぞと言った。成る程、ホットケーキ風のその餌は、歯ごたえもしんぎりしんぎりして、仲々乙な風味だった。瞬く間に餌は無くなってしまった。戦争中の事で、皆餓えていたのである。船頭は怒ったが、もう後の祭りだった。我々は、日半ばにして岸へ帰った。

確かに、釣りは、魚に食欲を起こさせるか否かが勝負となる。それには、潮の関係や、時刻、水温、水流等の、自然科学的な理由も大きいが、餌の魅力も与《あずか》って力があるだろう。そうなれば、魚の身になってみて、餌を考えたくもなる。然し、僕には魚の身になって、環状虫類を食うだけの勇気は先ず起こらない。仲々本当の名人になれぬのも、熱心が不足のせいなのかと、考えたりもするけれども、どうにもならない。

茸

色々なものに凝った。二十年程前は、小鳥の放し飼いに凝った。文学者の埴谷雄高氏の井ノ頭のお宅を訪問したら、沢山の背黄青鸚哥《せきせいいんこ》が部屋の中を飛んでいて、その鸚哥が、

「アンポハンタイ」

「アンポハンタイ」

と叫んでいたという話しを誰からか聞いて大いに興奮したのが端緒となって、鸚哥類、雀、青葉梟《あおばずく》、九官鳥、尾長、懸巣《かけす》、烏、鳶、鷹、とだんだんに大型化しながら、種々の鳥を飼っては馴らした。

十五年程前は、釣りから始まって、海水魚の飼育に凝った。この十年位は野外の

植物、わけても蘭科植物に凝って、随分、沢歩きや山歩きをした。さて、今度は何に凝ろうかと考えて、はたと膝を打った。茸に凝ろうと思い付いたのである。先ず物事を始めるには基礎知識が必要である。そこで、北隆館から出ている「きのこ」という本を書棚から出して来て、熟読してみた。凝るからには、採集もしたいし、培養もしたいし、食べもしたいから、生態や、有毒、無毒も熟知せねばならぬ。

この北隆館の「きのこ」は仲々の名著で、僕はこの本を二度買った。それには理由があって、前に、東京から夜更けにタクシーで葉山まで帰って来た時、運転手と話しているうちに、趣味は茸でして、と前置きして、茸マニアとしての面白い話しを沢山に聞かせて呉れた。明け方、朝日がさし染める頃、洗車を終えて、東京郊外の目的の山に駆け付けると、もうマニアが歩いて、目ぼしい茸は採られてしまっている話し。良い茸は、朝日が一寸当たって、あとは蔭になる斜面に生えるので、日の出に歩かねばならない事。茸マニアの歩いた径《こみち》が、だから朝日の当たる斜面には必らずある事。オレンジの香りのする茸があって、それを採って帰ると、家の中がオレンジの香りで一杯になって爽やかな事などが、彼が話した事の中で、今でも印象に残っている。余りにその人が良い人だったので、葉山の家に着いた時、僕はその運転手を家に上げて、お茶をいれ、丁度入手したばかりの、北隆館から出たばかりだった「きのこ」を進呈した。彼は未だその本が出た事を知らなかったからとても喜こんで呉れた。良い本であると判っていたので、僕は数日後に本屋に赴いて、もう一冊を入手して書棚に入れて置いたのである。

さて、その名著を持って八丈島に行き、森の中を歩いて茸を探した。丁度秋の事だったので、いろいろな茸が、樹幹から、地面から、倒れた腐木から生えていた。それを一つ一つ手にとって、名著と引き較べながら、ノートに記した。

八丈三原山の頂上近くの小池附近で、枯れた山桑の幹から、大きな灰色の傘をした茸が生えているのを見付けた。調べてみてひらたけらしいので、沢山採って帰った。一寸似ているものに、猛毒のつきよたけという発光茸があって、それであったら大変である。そこで相違点を色々調べた。真暗にした部屋の中で眺めたが発光しないし、つきよたけには柄につばがあるのだが、この茸には無い。大丈夫だろうと思って、大きなひらたけを五、六枚、甘醬油でことことと煮てみた。美味しそうな匂いが立ち昇って、立派な煮物が出来た。それを皿に移して、食べようかなどうしようかな、と腕を組んで考えた。うっかり食べて、泡を吹いて引っ繰り返ったりしても困るし、さりとて、折角煮付けた上は食べてみたい。考えた末、えい、南無三と思って、大急ぎで口に含むと、呑み下した。味は良く、結構だった。

結局、この茸は、害の無い、美味なひらたけだった事が判り、八丈の僕の仕事場での名物になった。

今年も、秋になったら、ひらたけはもとより種々な茸を採って食膳に供しようと思う。

しかし、可笑しいのは、大急ぎで食べれば何とかなるだろうと思った自分の神経である。ゆっくり食べようと、大急ぎで食べようと、毒の廻り方は全く同じものだろうに。

駄菓子

東京の山の手で育った関係で、寧《むし》ろ、黄色の細長い箱の上に確か桃色のリボンが掛けてあった、一寸バナナのような香りのする明治のキャラメルや、一粒300メートルと書いた赤い箱の下に、おまけの小箱が附着していて、その小箱の中に細々《こまごま》した玩具の類が入っている事で人気のあったグリコや、サクマ式ドロップの方に縁が深かったけれども、それでも、何やかやと懐しい思い出があるのは駄菓子屋の店先きである。

駄菓子屋の店先きは、そとを通っただけでも黒砂糖の匂いがした。店の中に入って暫らくすると、人間は匂いには二十五秒で馴れてしまうの論の通りに、数多く並んだ、丸や三角や四角の形と、さまざまな色に眩惑されて、黒砂糖独特の、一寸やにっこい、その店自体の匂いなどは感じなくなってしまうのが常だった。第一、そんな店自体にしみ付いたような匂いなどに感心していては、どれにしようかと、握っている銅貨と値段のバランスをとる喜こびが鋭くならないし、その最も大切な作業は、駄菓子の場合、食べる事と同等の力を持っているのだった。

今大学二年になるうちの男の子が未だ未だ小さくて小学校にも上がっていなかった時分、その頃、家に下宿していた石隈君という音楽学生に良くなついていた頃があった。葉山の一色《いっしき》に住んでいる頃だった。石隈君はやさしい人で、心の底から子供を可愛がり、色々と面倒も見るし、面白い遊びも教えるので、子供がなつくのは当然だったけれども、それがだんだんに昂じて、石隈君が音楽学校に出掛けようとすると、泣き喚いて後を追ったりするようになった。

「随分石隈さんになついたわねえ」

家内もそう言って喜こんでいたのだが、その昂じ方が少々可怪《おか》しいので、或る日、石隈君が子供を肩車して町の方に行くのを追《つ》けて行ってみると、家から三〇〇米《メートル》位先きにある駄菓子屋にいそいそと肩車は入って行って、あれだ、これだ、と駄菓子を買っているらしい様子だった。やがてポケットを駄菓子で一杯にした二人は、そのまま一色の海岸に下りて行き、砂山の陰に坐って、それを食べているらしい。その晩、子供が寝てから、家内は石隈青年を問い詰めて、もう永い事、肩車をしては駄菓子を買いに行き、買った駄菓子を海岸に坐っては食べさせていた事を知ったのである。子供は、無論色々な意味で青年に馴れていたのだけれども、彼が出掛ける時に後を追って泣くのは、一緒に駄菓子屋に連れて行って貰えない事を悲しんでだった事が判った。家内は、困るわ、そんな物を食べさせては、と青年をなじりそうになったので、僕は、いや、構わんよ、構やしないから食べさせて良いよ、子供にとっては、楽しい思い出になるだろうし、きっと強烈な記憶になるだろう。日本人が作り上げて来た庶民の味は又格別だから、構わん、構わん、と言った。家内は、でも——と言っていたが結局僕に賛成した。青年は喜こんで、それじゃ、これからは公然と少し宛《ずつ》買ってやりましょう。公然という事になれば、いつものように無理に急がせて食べさせずに済むから、からだにも良いでしょうと言った。急がせてとはどういう意味だいと訊《き》いたらば、彼曰く、パパかママが来ると大変だから、早く食《く》っちまえ、食っちまえと言うと、坊やは、本当に目を白黒させて、けなげにも、本当に目を白黒させて、頬張った駄菓子を食べて、全くいじらしかったですよ、と答えた。僕達は口あんぐりの態で驚ろいて、今度からはそんな無理をするなよ、そして、駄菓子の代金はちゃんと渡すからね、と笑った。

この間、講演旅行で、石井好子さんと、仙台に行って、その地で仲々有名な石橋屋という、凝りに凝った駄菓子屋を覗いてみた。構えからして江戸時代のようで、二人で種々の駄菓子類を買った。駄菓子の沢山並んだショー・ケースの中に、夏菓子というのがあって、ジェリーで薄紫色の葡萄の房の形をしたものと、黄色の蜜柑の房の形をしたものに砂糖をまぶした、如何にも涼しげなものがあった。石井さんは、私はジェリーが好きなのよ、と言って、その夏菓子を買おうと思ったらしいのだが、残念ながら、この種類は全部来月から売り出します、と言う。石井さんは悲観して諦め切れない様子だった。

その来月になって、一寸便《びん》があったので、仙台から来る人に、その夏菓子を買って来て貰い、石井さんにお届けした。石井さんは、僕があの店頭での事を忘れなかった事を殊の外喜こんで下さったらしく、最近、お手紙と一緒に、岡山で手に入れられたという、見事な果物の皮剝《む》き用という、見た事もないような珍らしい小形の庖丁を下さった。僕は、今、この珍らしい庖丁でどんな果物の皮を剝こうか楽しみにしている。

牛肉

牛肉、豚肉、羊肉、馬肉、鹿の肉、馴鹿《トナカイ》の肉、駱駝《らくだ》の肉、兎の肉、犬の肉等々、色々な肉を食べたが、結局、牛肉を一番食べている事になる。

牛肉の白眉は、僕にとっては鋤焼《すきや》きとステーキである。ストロガノフやステュード・ビーフも美味《うま》いし、しゃぶしゃぶや朝鮮焼き肉も無論美味いが、最も牛肉の味の長所をその儘に輝やかせるものは、刺身を別としてはこの二つであろうと思う。可笑《おか》しな事に、この二つの料理は、ともに野蛮な料理である。片一方は、葱と糸《いと》蒟蒻《こんにやく》と焼き豆腐ぐらいを相手に、鉄鍋の上で掻き廻したものだし、もう片方は、鉄の上で焼いただけである。然し、材料の味をその儘生かす事が最も美味しい料理を作る前提である事を考えると、簡単な料理法による鋤焼きやステーキが美味しいのは当然かも知れず、又そうであってみれば、簡単だとは言っても、鋤焼きとステーキの作り方程難しいものは無いという事にもなる。

鋤焼き程、各家庭での作り方に種々の違いがあるものも無いだろう。砂糖を沢山使うやり方、わりしたを沢山使うやり方、中にはビールを使うやり方などもあって、鋤焼きは、不思議とそこの家の主人自らが手を下す場合が多い。

この頃は、例の松阪肉が有名になって以来、どこに行っても、鋤焼きを食べさせる店には松阪肉、松阪肉使用と書いてあって、本当の松阪牛が何万頭もいる訳が無いに拘らず、世間も敢えて訝らないようである。本当の松阪の牛肉は美味いには違いは無いが、ああ作られてしまうと、本来の自然の味とは少々異った人工美人を見る思いがして、必らずしも常に松阪牛が良いとは言えないと思う。

日本人は思い上がりの激しい人種なので、松阪牛が有名になって以来、牛肉は日本が最高だと思っている人が多いようである。海外を歩いて来ましたが、肉が悪いので驚ろきました。やはり牛肉は日本が一番ですね、というような話しをする人にもよく出会う。然し、これは本当では無いと思う。撰ぶ努力をすれば、海外には驚ろくように素晴らしい牛肉がごろごろしている。何しろ日本人とは異って、ヨーロッパ人、アメリカ人は肉食人種である。好みは違うとしても良い牛肉が無い訳が無い。

僕が今迄に食べたステーキの中で、最も美味しかったのは、アメリカのアリゾナで食べたTボーン・ステーキだった。アメリカ、アリゾナ、Tボーンと重なると、余り美味しそうだと思わない方が多いと思うが、どうしてどうして、アリゾナ砂漠の中の街テューサンのステーキ・ハウス〝カヴァード・ワゴン〟でのTボーンは、今でも忘れられない。余りの美味しさに、僕は唸り、長靴位の大きさのTボーン・ステーキを、おかわりして食べた。

これは網焼きステーキであった。そして、肉が良いのは無論だけれども、秘密は薪にあった。アリゾナの砂漠には、メスクィートという灌木が生えている。砂漠の事だから、植物は、多肉植物と仙人掌《さぼてん》が殆んどだが、その中に混じって、このメスクィートは、ひょろひょろと、如何にも乾きにやっと耐えているという風情の、せいぜい人の背丈程の灌木である。枝を折ってみると、丁度日本のくろもじに似た芳香があって、この灌木を燃やして、ステーキを焼くのである。この芳香が幾分肉に移って、肉独特の臭みを消す訳で、北京烤鴨子《ダック》を焙《あぶ》る場合に棗《なつめ》の木の枝を燃やして焙るのと同じ原理だと思えば良い。

牛肉は微妙なものだと思う。僕は八丈島で仕事をしている時には、自分で買い物に歩いて牛肉が欲しい場合には、島で屠殺された牛の肉を買う。あの島では、普通は肉と言えば豚肉を意味して、牛肉は余り一般的では無く、従って、消費量も少なく、そんな訳だから、肉も質が一定していないが、たまたま、素晴らしい牛肉に出会う事があって、そんな時は眼を瞠る思いがする。考えてみるのだが、牛自体のせいもあるだろう、飼育のされ方もあるだろう、屠殺のされ方もあるだろう。又、屠殺されてからの時間、扱い方もあるのだろう。余り意識されていないのに、極く稀に、良い肉の出来る要素が重なると素晴らしい買い物となり、悪い要素が重なると、歯も立たぬ肉に出会う事もあって、肉の様子を見ながら、肉を撰ぶ楽しみは、本土の肉屋で、等級を分けられた肉を買うつまらなさに較べて、遙かに面白い買い物である。

牡蠣

僕は冬が嫌いなので、秋風が立ち初めると、そろそろ冬の寒さが近付いて来る前触れを感じて、気分が滅入って来るのだが、秋風が立つ頃になると、一つだけ嬉しい事があって、それは、大好きな牡蠣《かき》のシーズンが始まる事である。牡蠣は美味い。牡蠣であるなら、鍋も、チャウダーも、フライも、何でも美味しいが、矢張り、牡蠣は生《なま》に止《とど》めを刺すと思う。

好きなものだから、生牡蠣は色々な場所で色々に食べてみた。そっと金槌を海水着のベルトに差し込んで、葉山の磯を泳ぎ、岩肌に附着している牡蠣を見付けると、片端から割って海水で洗って食べてみた事もあるし、夏でも食べられるという事を聞いて、わざわざ水戸の附近の料理屋に行って、季節外れのものを食べた事もある。

然し、やはり牡蠣は、泳げる季節のものでは無く、冬の味である。

牡蠣を美食の対象として賞揚する事は、今に始まった事では無い。既にギリシャ人は生牡蠣を盛んに食べていたし、美食の権化のようなローマ人は牡蠣の養殖を行《おこな》い、その養殖場をヴィヴァリア・オストレアルムと呼んでいた。牡蠣の養殖を最初に実行したローマ人は判っていて、その男は、セルギウス・オラタという名だったという。トラヤヌス帝がパルチア人と戦っている時には、皇帝の好まれた牡蠣は、遠くローマからユーフラテス川まで新鮮な儘で届けられていたというし、又、量の方も大変で、同じローマのヴィテリウス帝は、一回の食事に一〇〇ダース宛の生牡蠣を食べたという。

大体、西洋人は正直だから、美味いが故に牡蠣を沢山食べる。ローマのクラウディウス・アルピヌス将軍は一回に五〇〇箇宛、フランスのアンリ四世は二〇ダース宛を常に食べたという。ルイ時代のメニューを見ると、貴婦人達の食欲も相当なので、美味しい牡蠣の籠を一つ宛前に置いて、彼女達は牡蠣を楽しんだらしい。

冬のフランスを思い出すと、我々旅行者として通過した事しか無い者でも、各地の美味しかった牡蠣の味が口の中に甦《よみがえ》って来る。マルセーユの街、殊に港近くを歩いていると、道路端に屋台の貝屋が店を張っていて、すのこの上に海藻を一面に敷き、色々の生の貝を並べている。クラム——蛤の小型のもの、日本で沖あさりと呼ばれる、殻に縦の凹凸がある黄色の貝、ムール——貽貝《いがい》、ウル・サン——、海胆《うに》そして何種類かの牡蠣——。それを撰んで冷たい身を殻から啜っては殻を捨てる。海の香りが口の中に漂い、舌にとろける肉が冷たく食欲をそそる。

フランスでは、日本と異って、牡蠣に何種類かがある。ベロン海岸から来る真円《まんまる》な殻の品の良いもの、日本のものに似たクレール、小型のポルチュゲーズ（ポルトガル産）等々。上等なレストランだと、ポルチュゲーズにNo.1、No.2、No.3、No.4と番号が振ってあって脂肪分の多少をそのナンバーが表わす。如何にフランスの人達が牡蠣に夢中かを示す、これは良い例だと思う。

日本のレストランでは、種類を幾つも用意しているところは先ず無い上に、牡蠣というものは、極く少しだけ食べるものだと思われているらしく、普通は半ダースが一人前である。僕のように、生牡蠣を見ると夢中になって沢山食べようとする人間は、ボーイさんに変な目付きで見られてしまう。生牡蠣を二ダース、或いは三ダースなどと言うと、大概のボーイさんは、耳を疑うらしく、は？　と言い、怪訝そうな顔をする。そこで、本当は大皿に何ダースもの牡蠣を並べ、片端から食べてこそ美味しいのだが、それは諦めて、半ダースを先ず注文し、又半ダースを加え、又々半ダースを加えて注文して順々に食べるようにして、面倒だけれども、変な顔をされないようにする事にしている。

昔の人達のように、一〇〇ダースだの五〇〇箇を食べる訳では無いのに、やはり一ダース以上は奇妙に思われるらしい。だんだんに人間世間は吝嗇《けち》になり、物を量《はか》る目盛りが小さくなって、まことによろしくない。

大和煮

先年八十一歳で亡くなった僕の父は、年寄りに似合わずに肉類や鰻のようなしつこい物が好きだったが、中にとても不思議な好物があって、それは、牛肉の大和煮《やまとに》の罐詰だった。

昔から大和煮は、牛そのものの姿を描いたレーベルが貼ってあって、小型の丸い罐入りのものが多かった。最近は、大和煮といえば、罐を開けた時に見える一番上の一枚だけが牛肉で、あとは鯨の代用品が詰め込まれていると相場が決まってしまって、幻滅だが、恐らく、父の若かった頃の明治の中程から後期にかけては、大和煮は、勿論、純良な牛肉で、当時の味覚の最先端だったのだろうと思う。

何しろ、仏教の悪影響で、日本人が四つ足を食べなくなって数百年、いきなり明治維新になって、外国の文物が怒濤の如く入り込んで来た中に、ビステキ（父はずっとそう言っていた）やカツレツを食べる事も含まれていたわけだから、肉食自体が大層新しいムードだったのだと思う。大和煮という名前にしても、肉を食べるのは外国の風習、然し、その肉を醬油で煮たところが日本風——つまり大和煮だった訳で、父が大和煮を好んだという事の中には明治への郷愁のようなものがあったのではないかと思われる。

明治の人というのは、何処と無く逞《たくま》しいところがあるもので、父は、流石《さすが》に最後の数年はやらなかったが、七十五歳ぐらいまでは、自転車に後ろ向きに乗って漕いで走り、片手を離すという芸当が得意だったし、僕が陸軍戸山学校軍楽隊に入っていた昭和二十年の頃は、東京空襲によって交通事情が悪くなってからは、麻布の材木町の自宅から、新宿の戸山ヶ原まで毎週日曜日に、歩いて面会に来てくれた。聞いてみると、昔はみんな歩いたものさ、とすましている。成る程、市街電車や院線（国電は一昔前は省線と呼ばれ、その前は院線と呼ばれていた。鉄道省のもの、鉄道院のものの略でそうなったのである）の無い時代は、明治になってからでも、江戸時代と同じに歩いていた訳である。

大和煮は、父の好物で家にあったからであろう、中学生の頃、登山に行く時に、母が必らずリュックの中に入れてくれた。八ヶ岳や、北アルプスや、南アルプスや、そうした方々の、未だ今のように荒らされる前の、美しかった日本の山々の記憶と繋《つな》がって、僕は、大和煮の味を思い出すのである。

大和煮は一種の煮こごりのような味がする。不思議な事に、鹽物の鯨が入っていないものでも、我々の知っている牛肉の味とは又別な味がして、いつもその事を奇妙に思う。醬油で煮るだけで無くて、何か特別な調味料や、操作を加えるのだろうか、いつか専門家に訊いてみたいと思っている。要するに、肉でありながら、こんなに日本的な味がするという事が、どう考えても不思議なのである。

日本的肉食の方法の中での三白眉は、すき焼きと、カツ丼と、この大和煮であろう。

僕はこれらの料理を食べる時に、いつも明治を思う。きっと父も、若かった時に送った明治の日々を、これらの料理に嚙みしめていたのだろうと思う。

今夜は、珍らしく、スーパー・マーケットで見付けた昔ながらの大和煮の罐詰を開けておかずの一としたために、その日本的風味に浸り、亡くなった父を思い、そして、大和煮についていろいろ考えてみた。

食べない果物

六年振りの北京《ペキン》は、秋酣《たけなわ》の候も手伝って、すがすがしい毎日だった。信じられない程の真面目さと、どんなに讃歎しても讃歎し切れぬエネルギー、そしてこの国独特の粘り強さで進められている新しい国創りの中を、僕は、九年前の、丁度澎湃《ほうはい》と起こった文化大革命初期の頃とは異った感慨で歩いた。

文化大革命は未だ終っていない。政治、教育、文化、そしてこの国中の総べてが、より良く改革されるために脱皮と努力を続けて行く、それが文化大革命である事を思えば、当初の混乱がおさまろうとも、文化大革命自体は終る事の無いものなのである。

九年前には閉鎖されていた郊外の明《みん》の十三陵の中の定陵地下室や、昔紫禁城と呼ばれていた皇宮——故宮内部なども、今度は開かれていたので、ゆっくりと観る事が出来た。ことに、故宮の中で開かれていた、文化大革命以来の六年間に全土にわたって発掘、整理、研究された「出土文物展」は、度胆を抜かれる程の素晴らしさだった。金縷玉衣と呼ばれる金絲で綴り合わされた青玉を全身に着て葬られていた二千年前の土侯の墓からの出土品や、三千年、二千年前の衣類、靴、医療用の針、薬品、果ては食べかけの餃子《ギョーザ》や菓子類までが、中国の歴史の悠久さを考えさせるのだった。

故宮は、明朝に依って西暦一四〇六年から十五年間を費して造営された。約五百年の歴史を持つ巨大な旧皇宮である。敷地七十二万平方米《メートル》、建築面積十五万平方米、部屋数九千以上のこの皇居は、明・清二朝に渉って、中国に君臨した。正面の午門から南北一列に、太和殿、中和殿、保和殿が続き、式典と行事のためのこの部分の後ろには、乾清宮、交泰殿、坤寧宮、東西六宮等の、皇帝の政務処理と生活、遊楽等の後半部が続く。屋根は総べて黄色の釉薬をかけた瓦で統一され、建築自体は赤、細部は極彩色に塗られている。広大で壮麗な故宮の中を歩いていると、ふと人気の無い石敷の空間に出たり、朱塗りの塀の下に出たり、自分が今どの時代の何処に居るのかを見失いそうになったりするのだった。

頤和園《いわえん》に行った。西太后が夏の宮殿として造営した美しい離宮である。巨大な人造の昆明湖を掘らせ、その土を担ぎ上げて万寿山を築かせ、金殿玉楼を築いたこの壮大な遊園の造成は、清朝の没落を早めたと言う。日本に対するための海軍予算を、この遊園の造成に当て、鋼鉄艦の代りに大理石の船を池に構築して、その上で遊興した西太后の神経は、異様と言おうか、何と言おうか、不可思議なものである。

頤和園には、昆明湖を見ながら進む長い飾り廊下、万寿山の傾斜に建てられた拝殿その他、数々の建造物がちりばめられているが、皇帝の玉座がある建物の中を見ていた時に、僕は面白い話しを聞いた。立派な玉座の両脇近くに、紫檀の台があって、その台の上に、一対の美事な大皿が載っていた。呉須の色も鮮かなその大皿は、直径一米以上もある立派なものなので、一体何を載せたものなのか、或いは単なる飾り物なのかを案内する人に訊いてみた。案内の人の答えは、この大皿は果物を載せるためのものだという事なので、玉座の両脇に果物を置いて、それを食べたりする事があり得るだろうかと訝っていると、案内の人は言葉を続けて、しかし、真逆《まさか》皇帝がここで果物を食べた訳ではありませんよ、果物は食べるためでは無く、部屋の空気をすがすがしい香りにするために置くだけでした、と言った。

僕はこの説明を聞いて、成る程と思い、ショックを受けた。普通果物といえば、食べる事を第一に考える。しかし、贅沢《ぜいたく》も極致まで来ると、果物は食べるためだけにあるのでは無く、部屋の空気に芳香を流すためにも使われるのである。これは流石に考え付かなかったと、面白く思ったのである。

しかし、このような贅沢を続けていた皇帝や皇后のもとで、大衆はどんな生活をしていたであろう。清の時代、限られた人以外は、まさに貧窮と苦しみにあえいでいたのである。その事を思うと、贅沢のありさまは、話しとして面白くとも良い話しでは決してないと思うし、今日の中国の新しい行き方は、あらゆる歴史を通っての末に到達した、立派な姿なのだと、又改めて考えさせられるのだった。

あく

昔、山菜料理に凝ってみた事がある。何故凝ってみたかには理由があって、僕には、山菜というものが、何処で食べても少しも美味《おい》しいと感じられず、寧ろ不味《まず》く思えるのに、世間の人が美味しいと力説するので、これにはきっと訳があるに違い無い、うんと作って食べて研究してみようと思ったのである。そうしているうちには今迄知らなかった本当に美味しい山菜に巡り合えるかも知らず、少しは世間の人が美味しいと力説する山菜の味も判るようになるかも知れないと考えたのである。

先ず数冊の山菜の本を買い込んで、その種類や料理法を調べ、裏の山の、林や、藪や、斜面を歩いてその採集を始めた。葉山附近の裏には、三浦半島独特の小山が続いていて、探せば、渓流に沿った日蔭の崖には岩煙草《いわたばこ》がびっしりと着いている場所もあったし、斜面の疎林の中には楤《たら》の芽も萌えていたし、家の庭にさえ蕗《ふき》の薹《とう》は顔を出すしで、結構探せば種々の山菜を見付ける事が出来た。籠を持って山を歩き、野末を歩き、時には海岸を歩いて摘んで帰った自然の緑は、うちのメニューを賑やかにした。

蕗の薹、楤《たら》の芽、通草《あけび》の芽、蒲公英《たんぽぽ》、野萱草《のかんぞう》、朮《おけら》、釣鐘人蔘（とときし）、二輪草、二葉萩、岩煙草等の若芽・若葉、蟒蛇草《うわばみそう》（みずな）の柔らかい茎を叩いて作ったとろろ、浜に自生している蔓菜《つるな》、陸鹿尾菜《おかひじき》、浜大根等々、紫萁《ぜんまい》や蕨《わらび》に加えて、それらは、確かに探すのは楽しかったし、春の香りを雰囲気的に感じる意味では楽しかったが、矢張り、味となると、極く僅かなもの、二輪草のおひたし、蕗の薹、楤、野蒜ぐらいがせいぜいで、あとは、食べれば食べられるといった程度のものだった。

そこで、今度は、本格的な山菜を食べてみようと思って東北地方の旅に出た。先ず仙台から始めて、盛岡、十和田、秋田、大館、山形と歩いて、成る可く田舎の宿に泊ってみると、出るわ出るわ、何処の宿に着いても、お珍らしいでしょう、と言っては、馬鹿の一つ覚えのように山菜を供するのだった。倦きも手伝って、それは、どれもこれも不味かった。水であく出しをして、茹で、冷やしたおひたしと、胡麻よごし、浮いたおつゆの実と、煮ものと、天麩羅とで、とうとう旅の終りには、山菜料理は、見るのも厭になってしまった。僕は宿屋の夕食を逃がれて、駅前の食堂に駆け込んでは、甘醬油がじくじくとしみたカツ丼や、田舎臭い鰻丼や、メリケン粉でぬるぬるのカレー・ライスを食べた。その方がせめてずっと美味だったしそこいら辺からむしって来たり、拾って来たような山菜ばかり食べていては、栄養失調で死んでしまいそうな危険も感じたのである。

その旅は秋の初めの事だったので、不味さの原因の一つは、保存された材料が殆んどだった事にもあったと思う。正直、東北でこそは美味しい山菜に巡り合えると思った期待は外れて、こんな事なら、春に我が家で作った山菜料理の方が遙かに美味しかったと僕は思った。

山菜を美味しいと思う心には二つあるようである。その一つは、切実な問題で、雪深く、碌々食べる物の無かった昔の田舎、特に東北に春が来て、雪解けの中から萌え出す緑の山菜は、確かに人の心に〝美味しかった〟ろうという事。もう一つは、日本の都会が奇妙な程脹《ふく》れ上がった結果、都会生活者が激増し、緑や自然や土を失ってしまったこれらの人々にとって、全く素朴な田舎の味が〝美味〟として珍らしがられる点であると思う。別にそれを否定する心算は無いが、これは二つともネガティヴの美味であって、本当の美味とはこういうものでは無いと僕は思う。然し、もともと食物の嗜好は各人別々なものだから、僕は僕、貴方は貴方、それで良いのである。

ただ、言い得る事は、この頃の日本は、ネガティヴな自然ブームが横行していて、猿が居ても、丹頂鶴が居ても、白鳥が居ても、それを安っぽい観光商売の材料にする向きが多い。山菜もそういうブームに乗って、味が味の範囲外にはみ出しているようである。

山菜にはあくが多い。殆んどのものは、あく出しが必要である。然し、その前に、どこに行っても山菜々々のような貧しい発想しか出来ぬ、それでいて商魂ばかり逞しい観光業者の頭の中のあく出しをする方が、先決問題のように僕は思う。

陳皮梅

家内が母親と香港に行く事になって、お土産は何にしましょうか、と言った時に、僕は、例の亀があったら、あ、それと鹿茸《ろくじょう》、薄切りの安物で良いからと言い、息子は、即座に陳皮梅《チンピーメイ》と答えた。

僕と息子の言っている物は、一体何かと言うと、先ず僕の言った例の亀とは、もうこの十年程、旅行する海外の国々で、亀の形の置き物や飾り物があれば、必らず買い求めて蒐集する習慣が僕には付いてしまっていて、この頃では、このコレクションは一寸有名になって、方々珍らしい国々へ旅行した友人達が持ち帰ってくれた物も含めて、今では居間の机の一つを占領しもう一つの机までを侵略するに至っているのである。このコレクションに又一つの新品を加えるために、香港に多い亀の置き物の中で良い物があれば買って来て貰いたいという頼みに加えて、鹿茸とは、中国の精力剤で、毎年抜け代る鹿の角が、春になって生え始めの袋角の時に採集して、それを乾かした物を言うのである。この袋角は香港ではその儘の立派な物も売っているが、それは高価なので、薄く輪切りにした物を買って来て貰おうという算段なのである。これをどう用うるかと言うと、先ず焙烙《ほうろく》でこんがりと狐色に炒って、それを煎じるか酒に漬けて呑むと、誠に元気百倍になるのである。

息子の言った陳皮梅は何かと言うと、これは息子の大好物で、今、十九の息子が五つ六つの時に、家内が買い物に行った横浜の中華街でふと買って帰ってから、我が家の決して欠かした事の無い中国の果物菓子なのである。子供は、勉強の合い間に、今でもこの果物菓子を食べ続けていて、息子と陳皮梅は切っても切れぬ関係にある。息子程には僕達夫婦はこれを食べはしないが、それでも、家内が小説本を読みながらこれの紙の包みをちゃらちゃらと剝《む》いているのに気付く時もあるし、僕も、作曲を終った時などに、気分転換に食べる事もある。

この菓子は一つ宛《ずつ》ちゃらちゃらの紙に包んであって、数社のメーカーがあるが、その紙には、青く、陳皮梅と刷ってあるのが普通である。そして、陳皮梅の字の脇には、祛痰《きょたん》、鎮咳《ちんがい》と書いてある。そのちゃらちゃら紙を剝くと、もう一枚の白い紙が現われる。それを剥くと、今度は透明なセロファン紙に包まれた中身が出て来る。それは、見たところ奇妙な黒褐色のねばねばした塊りだが、口に含むと甘く、芳香が漂う。陳皮、これは蜜柑の皮の事である。簡単に言えば、梅の実を、種子入りの儘蜜柑の皮に包み、それを砂糖漬けか砂糖煮にしたもの、これが陳皮梅である。作り方を調べた訳では無いので正確な事は判らないが、気を落ち着けてよく味わい、口中に彌漫《びまん》する香りを感じてみると、陳皮梅には、もう少々他の香料と味も加わっているようで、中国独特の、凝った作り方が髣髴とする。何時か、中国か香港の製造所まで行って調べてみたいものだと思う。

陳皮とは蜜柑の皮の事だと今述べたが、漢方ではこれを祛痰、鎮咳、健胃、吐き気止めに用い、実際にその効力がある。梅も、漢方では燻製にして烏梅、つまり黒い梅と誦して、これも鎮咳、祛痰、解熱、下痢止め等に用いられているから、陳皮梅の包み紙に、祛痰、鎮咳と記されている事は不思議では無い。陳皮という語は、蜜柑の皮は、新しい物よりも古くて黒褐色に乾き切った陳久品の方が薬効が強いという事で出来上がった語だそうである。この事は、先年朝日から出た、田中孝治さんの著書「薬になる花」という美しい本で初めて知った。

陳皮は、七味唐辛子の中にも入っている。七味とは、唐辛子粉に、陳皮、麻の実、芥子の実、炒り胡麻、山椒、菜種を混合して作る事になっている。蜜柑の皮などという、剝《む》いて捨ててしまうような物にも、利用法は大いにあって、風味や薬効もあるという事は、大いに考えさせられる事である。

家内は、亀の形の小さな置き物と、数袋の陳皮梅を香港から買って帰って来た。鹿茸は忘れたと言う。忘れたのでは無く、僕に精力が付いてますます何処かへ出掛ける頻度が高まる事を恐れたのであろう。

息子を始め、僕達は、陳皮梅を頰張りながら、家内の香港の土産話しを色々と聞いた。

陳皮梅の効力なのだろうか、お蔭で、今年も寒中なのに、家の者は誰も風邪を引かずに、元気に暮らしている。

刺身

新鮮な魚が手に入り易かった関係で、日本では昔から生の魚を刺身で食べる事が行われていた。それなら新鮮な魚が仲々手に入り難かった山間部では刺身を食べなかったかと言うと、決してそうでは無い。寧ろ手に入り難かった新鮮な魚であればこそ、苦心して手に入れる事が御馳走となり、刺身は御馳走の代名詞になった。

ずっと前に、山開きの日の上高地に行って旅館に泊った事がある。六月の初めだった。あざやかな新緑が全山を包み、大正池に穂高の雪渓と青空が映る美しい季節である。今のように山開きにどっと大勢の観光客が訪れるような事は想像もつかぬ頃で、広い上高地に、客はほんの四、五名だった。一冬の間、雪に覆われていたために誰にも踏まれなかった黒土には柔らかな草の若芽が萌え、池のほとりを歩くと、静まり返った水から小鴨が驚ろいて飛び立ったりした。
宿では、今日の午後皆で採って来ましたという山菜が出た。ところが、そんな環境なのに拘らず、宿の夕食の皿には、真っ赤な鮪の刺身が草臥《くたび》れた恰好で並んでいた。宿の窓下を清らかに流れている梓川を見ながら、その川で獲れた岩魚《いわな》の塩焼きを出してくれた方がずっと有り難いのに、と僕は女中さんに言った。ところが、女中さんが答えて言うには、私達もそう思いますが、お客様の中には、この宿では刺身も出さないのかとお怒りになる方もいらっしゃるのです、との事だった。僕は成る程と思って吃驚しながら寝草臥れたような鮪の刺身を食べた。海辺からやって来た僕には、上高地と鮪の刺身は奇妙な取り合わせ以外の何物でも無かった。

新潟県の塩沢の近くから作曲の勉強に僕のところへ来ていた青年が居た。この青年は海辺の僕の家で食事をする度に、刺身を見ては踊り上がらんばかりに感激して、お祭りみたいだなあ、お祭りみたいだなあ、と言った。山間の彼の故郷では、刺身はお祭りの日の御馳走だったのである。この青年の家に或る冬に招《よ》ばれた事があった。越後湯沢にスキーに行った帰りだったので、塩沢の駅から遥かな彼の家迄を、僕達は彼の案内でスキーを穿《は》いて歩いた。素朴な彼の家の人達は御馳走を作って待っていてくれた。御馳走の中心はやはり海の魚の刺身だった。本当にお祭りのような御馳走だ、僕達はその刺身をそう思って見た。冬の事だったので、遠くから運ばれて来たものではあったろうが、刺身は新鮮に見えた。

この頃、家では馬肉の刺身に凝っている。昔から吉原の所謂《いわゆる》「蹴飛ばし」で、桜鍋と桜の刺身の美味は楽しんでいたが、数ヶ月前に、渋谷の大橋下に「三勝」という桜肉料理がある事を知って、時々ぶらっと寄るようになってからは、その店の隣りの同じ経営の精肉店で、桜肉を頒けて貰っては、家族皆でその刺身を楽しんでいる。殊に子供は大好物らしく僕や家内が東京に出掛ける日には、桜肉をお土産《みやげ》に買って来て下さいと必らず注文するのである。

桜肉は、この本の別の稿にも書いたように、昔から寄生虫が居ないと言われ、身体が温まるとも言われ、庶民的に人気のある食物だった。食用にする馬でも飼っているところがあるのかと思って調べてみたらば、桜肉の大部分は、脚を折った馬のものだという事が判った。一寸可哀そうな気もするけれども、馬肉はもっと多くの人に利用されて良いように思われるし、実際に牛の刺身、鶏の刺身に較べて一段と美味である。但し、そうそう脚を折る馬が居る訳でも無いし、馬耕が耕耘機に代ってからの我が国では、馬が減少の一途を辿っているから、多くの人が馬肉ファンになれば、忽《たちま》ち品不足になってしまうかも知れない。

魚の刺身は、海辺で育ち、生活している僕にとっては珍らしく無いし、そのためであろう、特に好きでも無いが、河豚《ふぐ》、鯒《こち》、鱵《さより》、鯛、平目、鰤《ぶり》、間八《かんぱち》、縞鯵《しまあじ》、真鯵、室鯵、飛び魚、鰮《いわし》等々、季節々々のしゅんを追うようにして現われる刺身を思うと、日本を取り囲む海が贈ってくれる多彩な魚類には目を瞠る思いがする。そして、こんなに海の幸を手に出来る日本に生活する事を幸福に思う。

慈姑と筍

今は酒を呑んでも煙草を喫んでもびくともしない荒れ果てた咽喉《のど》になってしまったが、それでも子供の頃は大いにデリケートな咽喉をしていたらしく、思い出すと種々な野菜のあくが厭でたまらなかった記憶が浮かんで来る。

先ず、どうしても食べられないものが二つあった。その一つは筍《たけのこ》である。春になって、地方の知り合いから送って来たり、八百屋で求めたものが食膳に出て、大人達が美味しそうに食べている煮付けを食べてみる度に、僕の口の中には、我慢の出来ぬあくが瀰漫《びまん》して、確かにそれは食べて食べられぬ事は無かったが、美味しいなどとは程遠い存在であった。殊に、嚥《の》み下す時に咽喉を嚙んだ切れ端が通って行く時の、逆毛を撫でられるような感覚が遣り切れなかった。筍は、先端の細く尖った部分の方が柔らかさも手伝って食べ易く、根の太い部分の方が、あくも強くていがいがして食べ難く思えた。だから、子供の頃は、食べるとすれば先きの方だけを食べて、太い根本の部分の方は敬遠していた。今は返って逆に根の方の少し固い部分の方が香りも強くて好きなのだが。

もう一つ、工合の悪いものは慈姑《くわい》だった。慈姑は筍よりももっとひどかった。あくが口中に瀰漫するだけで無く、何やらそこいら一面が痒《かゆ》くなる気配がして、どうにも子供には不得手だった。同じ痒くなるにしても、本格的に痒くなる藷蕷《とろろ》の方は、どろどろした面白さも手伝って好きだったが、慈姑の痒さは、痒くなりそうでならないような変な予覚が厭でたまらなかった。慈姑の味が段々に判り、特に好きで無いまでも食膳に現われればそれなりの風味を楽しみながら食べるようになったのは、そろそろ咽喉が酒や煙草で荒れ始めた頃、つまり大人になってからだった。子供の咽喉はデリケートで、あくや毒には大人より敏感に反応するようになっていて、恐らくそれは、大人のような経験に依る判断の無い子供への、生命保存のための天与の感覚なのだろうと思う。うちの子供やよその子供を観察していても、やはり彼等はこの種の野菜は余り好きでは無いようである。

この間、新潟に行って、本町《ほんちょう》の市場を素見《ひやか》して歩いていたら、小さな慈姑のようでいて表皮の黒いものを売っていて、何だと訊くと、いごだと言う。生《なま》でも食べられるというので面白そうなので十箇程買ってビニールの袋に包んで貰って帰った。どう見ても慈姑か菱のように沼の底で芽を出す根塊に思えたので、そのうちの二箇をコップの水に沈めて発芽状態を見る事にして、三箇を皮を剝いて生で食べてみた。身は純白で、味は意外に爽やかで甘く、美味しかった。あくは全く感じない。あとの五箇はもとのビニール袋に戻して、八丈島に行った時にでも、野外の沼か池に抛り込もうと考えた。

調べてみると、このいごと市場の小父さんが呼んだものは、くろぐわいというもので、本来これを昔から日本ではえぐ、若《も》しくはくわいと呼んでいたのだと言う。万葉集にも、

君がため山田の沢にゑぐ採《つ》むと
雪消《ゆきげ》の水に裳《も》の裾《すそ》ぬれぬ

と早春の沢に黒慈姑を採る心境が歌われていて、人々に親しいものだった事が判る。

ところが、そこへ中国から白慈姑が入って来て、それが一般化したために、慈姑と言えば白慈姑を指すようになり、本来の慈姑の方を黒慈姑と言うようになったの

だそうである。ところが、そこへ又中国から、これは比較的近年、中国の黒慈姑が入って来たので、これは、シナ黒慈姑と呼ぶ事になった。これは日本の黒慈姑よりも一段と型が大きくて、僕が新潟の市場で買ったのは小さかったから本来の日本のえごだった事になる。恐れていたあくがこの黒慈姑に無かった理由は、調べてみると、白慈姑はおもだか科であるに反して、黒慈姑はかやつり草科で、全く異なる科の植物だからだと思う。

コップの中の黒慈姑は、ひょろひょろと蒜《にら》のような細い芽を水中で出したが、三糎《センチ》程の芽はそれ以上伸びずに止まっている。ところが二、三日前に急に八丈島の仕事場に渡る用が出来て、忘れていた黒慈姑の入ったビニール袋を出してみると、驚ろいた事に、黒慈姑はビニール袋の中で一〇糎にも及ぶ芽を出して、互いに絡《から》み合っている。その生命力に感激した僕は、その袋をその儘持って八丈島に渡り、八丈で陶器を焼いて居られる青木正吉さんのお宅に池があったのを思い出して、青木さんにお願いして、その池に芽を出した黒慈姑を沈めていただいた。八丈島は新潟と異って温度が高いのが心配だが、きっと春も酣《たけなわ》になる頃、青木さんの池の面に、黒慈姑のかやつり草科独特のすいすいした細く長い葉が、茎が伸び、秋には、可愛らしい花穂を付けるだろうと思う。

パダン料理

好きな食べ物の中には、何時食べても美味しいと思う——詰まり、何時でも食べたいと思う温和な種類のものと、何時もは忘れているか、それ程食べたいと思わないが、突然食べたくなる激しい種類のものとがあるような気がする。恒常的なものは、僕にとっては、鰻とか中華料理が代表していて、突発的な方は唐辛子の利いた朝鮮料理やパダン料理がその代表である。

僕は、インドネシアのジャカルタに行く度に駆け付ける店があって、その一つは、ジャカルタ市内のジャラン・ヌサンタラの運河の近くにあるSAIYO《サイヨ》、もう一つは、ジャカルタ市内からプンチャクの峠に涼みに行く途中のチパナスという村にあるRODA《ロダ》という、両方ともパダン料理のレストランである。

パダンは、メダンとともにスマトラの街の名前である。僕は残念ながら未だスマトラには杖を曳いた事が無いが、双方とも美しい街であると言う。さて、そのパダンから来た料理は、ジャカルタのあるジャワ島でも仲々人気があるらしく、このサイヨ軒も、ロダ軒も、何時行っても一杯のお客である。先ず入り口にある洗面所でよく手を洗って店に入って行き、席に着くと、番台のような一寸高い場所に坐っている店の人の命令で、沢山の小皿が運ばれて来る。小皿には、羊の脳の煮込み、魚の唐揚げ、焼き魚、牛肉料理、蒸したり、煮たりした鶏の笹身や脚、手羽、卵料理、サラダ等々が、十二、三品盛られている。湯気の立つ白い御飯に、好みのものを小皿から取りながら載せて食べる。何品に一つかは辛い料理が入っているので、熱帯独特の食欲不振も飛んで行く程に食が進む。箸、ナイフ・フォークは一切出ないから、右手の指を使いながら、器用に食べなければならない。汁の多い煮込みや、粘る御飯を器用にさばくには一寸したこつを会得しなければならないが二、三度通って馴れると、食物の最も美味な食べ方は、道具を使わずに直接指で食べるに限る事が判って来る。レストランの入り口に洗面器があって、皆が店に入る時に丹念に手を洗う理由はこのためである。

インドネシヤ人はその殆んどが回教徒だから豚肉は一切無いが、小皿に盛られて来る料理の一つ一つの美味さと、指で食べる楽しさは格別であって、僕は、その中でも特に羊の脳の煮込み――多くの場合はカレー煮――を最上の美食の一つに奨したいと思う。羊の脳の柔らかい感触を指と舌で楽しむ時、僕は、あゝ遙かにインドネシヤに来た甲斐があったと何時も思う。

この二軒のパダン料理店を好きな理由は、美味求真をモットーにしている僕にとって、求真の方でも感激する面があるからである。それは小皿に盛った沢山の料理を出しながら、番台のように一寸高い場所から見ている店の人のチェックに依って、食べたものだけの料金しか受け取らぬ事である。例えば、羊の脳が二塊《かたま》り小皿の上に載って来て、そのうちの一つしか食べなければ料金は一皿分の半分、出された唐揚げの魚五尾のうち二尾しか食べなければ二尾分だけを支払うという工合にである。こんなすがすがしい商法は無い。従って、代金は無駄無く、支払っていて誠に気持ちが良い。沢山の客の、沢山の小皿の上を全部見通している番台の上の人の熟練は大したものだと思う。そして何度も通っているが、只の一度も間違った請求をされた事が無い。この店に坐りながら、僕は、不味いが故に残したものの代金を請求する上に、不要のものまでを運んで来て、少しでも多額な飲食費を絞り取ろうとする日本のレストランや料理屋を思い出して、人間にも、色々な種類があるものだと考えさせられてしまう。日本では、殊に酒場がひどい。腐ったようなスモークド・サーモンや、生臭い蒲鉾や、得体の知れぬ冷たいものが運ばれて、知らぬ女が近くに坐って意味の無い嬌声を立てて暴利をむさぼろうとする。こういう類いの人間は、インドネシヤに留学して、パダン料理店に赴き、真の文明とは何かを学ぶと良いと思う。文明とはナイフ・フォークで物を食い、輸入ものの似合わぬ洋服を着て、うろうろする事では無いのである。

猪

本来、豚は猪を家畜化して食肉獣としたものだそうだから、猪の肉は豚の肉とそう大した差は無い訳だが、時たま猪を食べると、食べ馴れた、一寸だらけた豚の味とは異なる、もっと締まった森の味がするようで、悪く無いなと思う。然し、猪は、大概の場合、匂いを抜くためにであろう、味噌すきにして食べることが多いので、これが本当の味か、猪だと知っての気分から来るものかよく判らない場合もある。

万葉の昔から、猪はしし、と呼ばれて食べられていた。ししとは肉《しし》の意で、鹿と猪が我が国では狩猟獣の代表だったので、鹿猪、若しくは猪鹿と書いてししと読む場合もあった。宍と書いて肉を表わす場合もあった。そして、それぞれの動物を指す場合には、猪《い》の肉《しし》、鹿《か》の肉《しし》、氈肉《かもしし》などと表現され、猪と書いていのししと読むのは、この事が起原になった訳である。

逗子に、全日本狩猟協会副会長をしておられる、何をなさっても名人の赤尾豊さんという紳士がおられて、お宅に伺うと、玄関に、赤尾さんが南アルプスで撃たれた大猪の首の剝製が、くわっとばかり口を開いてこちらを睨んでいる。がちがちと牙を鳴らし、最後に沢に追い詰められた時には、群らがる猟犬を牙に掛けて空に抛《ほう》り上げ、腸を引き割く勢いだったというこの大猪が撃たれた時には、知らせを受けて伺ったこちらは胆を潰した。何しろ、大猪は、赤尾さんの立派なお宅の玄関の軒から吊るされ、その足が地面に着いていたのである。僕は、熊が獲れたのかと胆を潰し、よく見て、それが猪である事を知って、日本にこんな物がいるのかと思って、再び胆を潰した。

その肉をお招《よ》ばれしたのが、実に美味《うま》かった。脂《あぶら》の乗り工合といい、柔らかさといい、その美味しさは忘れられない。猪は、総べての獣類がそうであるように、死後暫らくは寝かさないと肉が美味くならない。特に、猪は、その日数が難しいらしい。赤尾さんに美味しい猪肉をお招ばれしたのも、軒端に吊りさげられたのを見てから暫らくの日数が経ってからだったと記憶する。余り僕が嬉しがったので、その後も、赤尾さんは、猪を撃たれると、暫らくして肉を下さる。これは僕の冬の最高の楽しみである。

数年前に、両国のももんじ屋で会があって、猪鍋を食べに行った事がある。ももんじ屋は、江戸時代から続いた山の獣肉を売る店で、山鯨と呼ばれる猪、熊、鹿、狸、貛《あなぐま》などの料理を出すので珍らしがられている。猪鍋と鹿の刺身を楽しみ、狸汁を啜《すす》っていると、会の幹事が、今日は珍らしく猿の腕があるので、やってみませんか、と言い、集まっていた皆は、好き者ばかりだったので、やってみよう、やってみようという事になったのだが、鍋の中で煮えはじめた猿の腕を見ていると、煮えるに従って、指や掌《て》が動き、よく見ると、黒い指の皮には、小さな指紋も見えたりして、何やら、子供の腕を煮ているような、悲しい気分になって来た。集まった好き者達も、進んで食べる事が出来ず、中の二、三の勇気のある者が、無理に箸を付けてはみたものの、流石に食べ切れなかった。箸を付けた人に訊いてみたが、味もよく判らなかったと言う。

鹿猪、猪鹿と書いてししと読んだ昔の人は正しかったと思う。日本産の獣類の中で、鹿と猪は、食べてみて最も美味しいものの二つである。熊は食べてみた事はあるが、不味《まず》くはないにしても、わざわざ食べたい程のものでは無い気がする。それに、食べようと思っても、そうそう手に入る物でも無いから、食欲を起こしようが無い。最近は、北海道の奥の方では熊が増えて、家畜、人間への被害も相当だと聞くが、熊の方でも、僕が熊に対して抱いているのと同じか、似たような意見を持っていて、人間というものは、食べてみた事はあるが、不味くはないにしても、わざわざ食べたい程のものでは無い気がする、などと考えているかも知れない。

矢張り、僕は、これらの仲間の中では、猪が一番好きである。然し、今は季節外れで、猪の美味を楽しめるのは冬を待たなければならない。

香料・ハーブ

色々なスパイスやハーブを作ってみようと考え付いたのは、もう随分昔の事である。先ず香料の中の香料、胡椒《ペッパー》を作ってみようと思った。胡椒は常温三〇度の南米で耕作されている。一寸温度は足りないが、八丈島に無加温の温室を持っている関係で、そこに種子を蒔こうと考えた。然し、種子が手に入らない。何とかならないかと思って、丁度南米の旅から帰って来られたばかりの、作家の檀一雄さんに逢ったので、相談してみた。檀さんは、僕の相談を聞くと、特徴のある大声で笑い、

「種子なんか、何処にでもありますよ」

と言った。

怪訝な顔をする僕に、檀さんは、粒胡椒を買って来て蒔けば良いんですよ、あれ

が種子なんだから、と言う。成る程、でも熱処理かなんかしてあるんじゃ無いですか、と言う僕に、そんな事はしてないでしょう、前に蒔いて、芽が出た事がありますよ、との事だった。黒胡椒は皮が付いた儘のもの、白胡椒は皮を除いたものだから、黒胡椒の方が自然に近いから蒔くのに良いのではないかと思って、黒胡椒を二日程度水に漬けると、十粒程温室に蒔いてみた。夏の事だったので、待っていると、十日程で、二つだけ芽が出た。山の芋のようなハート型の小さな双葉が出て、芽はどんどん生長した。胡椒は蔓植物なので、小さな杭を立ててそれに絡むように仕立てた。元気良く絡む迄には至らなかったが、それでも二尺程の長さに伸びて、然し、冬の到来とともに苗は枯れてしまった。

つい先月、ヨーロッパに行く用事があったので、今度こそ、各種の香料、ハーブの種子を買って来て蒔こうと考えた。胡椒のような極端に温度の高さが必要なものは無理だが、ヨーロッパで作られている種類のものならば、日本で育つだろうと思ったのである。

アムステルダムの空港の花屋、パリのマドレーヌ寺院の裏手の、有名な食料品店のフォーションの一軒飛んで隣りのティボーという園芸屋、ローマのカヴール通りをずっと下って行ったところにあるスガルヴァッティという大きな園芸屋等で、僕は相当多くの種類の、主としてハーブの種子を買う事が出来た。

種子は、Hyssop, Balm, Grand Green Basilico, Sweet Basil, Firenze Fennel, Sweet Fennel, Thyme, Marjoram, Rosemary, Dill, Green Purslane, Tetragone, Estragon, Sage, Borage の十五が集まった。

多くのものは、種子の袋の裏の説明を読むと春蒔きが多く、帰って来たのは七月の初旬で既に遅くて心配だったが、種子蒔き用のビート・モスに水を含ませて、注意して大切に蒔いた。驚ろくように、すぐに芽が出た。最も早かったのは Borage と Green Purslane で、既に四日目には発芽して、以下のものも続々と芽を出した。ただ、困った事には、Estragon, Dill, Fennel, Sage, Basil, Thyme, Marjoram, Rosemary, Balm 等は、知っていたものもあったし、調べてそれが何であるかが判ったから良いが、幾つかのものは、それが何であるかが良く判らず、従って使用法も良く判らない事である。

先ず、Hyssop, これは英文の辞書にはヒソップ草、芳香ある草で、昔栽培された事がある、としか出ていない。Tetragone は、一名 New Zealand Spinach, ニュージーランド菠薐草《ほうれんそう》とも言われるとあるので、良く調べてみたら、何と、日本のつるなの事らしい。つるなは、うちの下の海岸にも沢山自生していて、おつゆに浮かべると美味しいのでよく利用している。これの事ならば、わざわざヨーロッパで種子を買う事も無かった訳だけれども、多少異なるかも知れないので、兎に角育ててみようと思っている。Green Purslane は、たちすべりひゆの事で、何処にでも生えていて、食べる事も出来るすべりひゆに似た、その亜種だとの事である。若いうちにスープに浮かせると美味しいと説明書に書いてあるので、現在もう一寸位に伸びているので、数日中にはテストに賞味する事が出来そうである。植物の芽出しは、手が掛かるし、苗の仕立ては一寸油断すると枯らすしで大変だけれども、今年の夏は、じっくりとこの仕事に取り組んで、期待に満ちた毎日が送れそうである。知りたくても仲々知る事の出来ない香料、ハーブに就いての疑問の数々も、育ててみる事によって、少し宛《ずつ》判るようになるだろうと、それが楽しみなのである。

砂糖黍

南アジア一帯の街々を歩いていると、龍眼《ロンガン》や茘枝《ライチー》やランブータンやチェリモヤなど、さまざまな熱帯の果物を並べて売っている屋台の隅などに、真四角に切った木の髄のような物が積んであって、一箇一円か二円のその四角のものを子供達が買っては、にこにこしながら頬張っている。真似をして買って口に入れてみると、これは砂糖黍《さとうきび》の髄で、嚙《か》むと白い汁がたっぷりと咽喉を伝って流れる。大概の屋台では、糖分で手がべと付くのを避けるために、細い楊枝のような串で一箇一箇を刺して呉れるので、それを握って、四角の一部分を嚙んでは甘い汁を吞み、口に残る繊維を吐き出す。そんな事をしていると、如何にも南アジアの町に居る事が体感されて、仲々良いのである。砂糖黍の汁は、唯々甘く、少しの酸味も無く、当たり前の話しだが、砂糖水そのものである。

沖縄の田舎を歩いていたら、野原の中の一軒家のようなところから、大きな機械音がしていたので覗いて見たら、刈り取った砂糖黍の茎を機械で圧搾して汁を取っているところだった。重い機械で圧され、搾《しぼ》られた汁は集められて釜に入れられ、煮られていた。そうして煮詰められた糖蜜は乾かされて黒砂糖になる。その工程は、思ったよりも簡単だったけれども、工場の中には厭な匂いが立ち昇っていた。糖蜜を煮るときにその匂いは立ち昇るのである。
一、二年して、沖縄の先島、もう台湾が大きく見える程西南の与那国島を歩いていたら、又、何時か嗅いだその匂いがしたので行って見ると、与那島製糖という大きな工場が操業していた。そして、島中で砂糖黍を作っていて、畑では、沢山の人が黍の収穫に働いていた。砂糖黍には、太いものと、風に強い細いものの二通りがあって、与那国島のは細い方だった。風が強い島だからであろう。東南アジアで四角に切って齧《かじ》る方のは太い方で、竹程もある茎の中は、真白な髄が詰まっている。皮も竹のように固く、鉈や山刀を使わないと上手に削《そ》げない。どちらが甘さが強いのかは、両方とも齧ってみたけれども、よく判らなかった。
南の方々で砂糖黍を見るにつけ、何時か自分でこの植物を作ってみたいと思っていた。僕の仕事場のある八丈島でならば、黒潮の向う側だし、湿度も温度も本土よりも高いから作れるのではないかと思って、島の友人に相談してみて驚ろいた。

「砂糖黍ならば、随分戦後作りましたよ。砂糖の無い頃だったので、本土にどんどん売れたのです。でも、そのうちに砂糖が出廻って来て、はけなくなって、仕方無く砂糖黍から酒を作って、八丈島ウィスキーとか名付けて売った事もありますよ、こいつは売れませんでした」

「へえ、この島でも砂糖黍は出来るの、知らなかった。砂糖黍から作る酒は、ウィスキーでは無くて、ラム酒だよ」

「そうなんですってね」

「そこで、砂糖黍を作ってみたいのだけれども、苗か種子は手に入らないかしら」

「昔作ったのがうちの畑の隅でも生きていますよ、持って来てあげましょう。それに、お宅の裏庭にも、確か生えていたと思うな」

「真逆《まさか》」

「いや、お宅の裏庭はもと畑の跡だし、見たような気がしますよ」

「裏庭の塀のところに生えているのは、あれは葦だと思うけれど」

「いや、あれが細い方の砂糖黍ですよ、齧って御覧なさい、判りますよ」

吃驚《びっくり》して帰った僕は、裏庭の、今迄葦だと思っていた丈の高い植物の一本を切って齧ってみた。甘い汁が咽喉に流れ、それは、まぎれも無く、砂糖黍の、細い方の種類だった。

友人は、自分の畑から、太い方の種類のを切って来て呉れて、それも亦裏庭の塀の近くの地面に挿した。砂糖黍は、挿せばたやすく発根し、どんどん殖えるのだそうである。

僕は、自分が長い間植栽してみたいと思っていた砂糖黍が、自分の裏庭に生えていた事に驚ろきながら、又、新らしく挿した方の太い種類の生長も楽しみにしている。

今日、庭を見て廻った時に、注意して見ると、もう挿した方の茎も活着して、緑の若芽を風にそよがせていた。

細い方の種類にも肥料を入れたので、やがて双方の種類が旺盛に育って、仕事に疲れた時に、東南アジアの街々を思い出しながら、茎を切って甘い汁を楽しむ日々も、遠くは無さそうである。

屋上田園

切り立った崖の上の僅かな土地に、車が三台入る車庫の付いた家を建てようとしたために、平地の殆んどは、車の進入路、ターンのスペイス、車庫に取られて、勢い、家は崖から空中に突出するという、超モダンなスタイルとなった。その形が何とも斬新な事と、生活するための機能を充分に満たすように設計されているので、僕は、この新らしく出来た家に住む事を幸福に思っている。

家を作る時に残念に思った事は、何しろ土地の利用がぎりぎりの線のために、草木を植えたり畑を作ったりする余地が一切無い事だった。草木の方は、後から崖地の一部も手に入れたので、土止めを兼ねてそこに苗木を色々と植える事にしたのでまあ良いとして、畑を作れないのが残念だった。贅沢かも知れないが、僕は、書き物の仕事の合い間に、植物を弄《いじ》ったり畑仕事をする事がこのところ趣味なのである。昔はもっと色々な趣味があったのだが、一寸大袈裟に言えば所謂《いわゆる》老境とでも言うのだろうか、徐々に趣味の範囲は狭くなって、今や植物が一番僕の心を慰めて呉れるのである。そこで、建築家と大いに相談して、賛成を得たので、屋上の一部に土を盛って、そこを畑とする事にした。コンクリートの屋上に土を盛る事は、防水さえ完全ならば、少しも珍らしい事では無く、又、夏の高温と冬の低温を和らげるために寧ろ良い事なのだそうである。窮余の一策ではあったが、これでようやく八坪の畑が出来上がって、僕は仕事の合い間に、季節の野菜をそこで作る希望に燃えた。

畑に土を盛った日、僕は感激して、傍で、何を作る気ですか、こんな風当たりの強い所で、などと言いながらにやにやしている息子に、

「これは僅か八坪の畑ではあるが、古代七不思議の一つであったバビロンの空中庭園にも比す可き貴重な畑である。これは我が家の空中田園、牛蒡《ごぼう》に大根、人蔘、蕪《かぶら》、キャベツに高菜に菠薐草《ほうれんそう》、蚕豆《そらまめ》、豌豆《えんどう》、大豆、芋類、何でも彼でも作って、君達の栄養源に資する心算である」

と演説をぶった。

ところが、事実は仲々そうは簡単に行かなかった。それは、息子も指摘したよう

に、風が思ったよりも強い事と、何せ屋上に薄く土を盛っただけであるから、土の深さが不足のために、深根性の野菜には無理なのである。この事は仲々深い意味を宿していて、普通、風が強ければ地面の下に出来る根菜類を作れば良い訳なのだが、それが土の浅さのために出来ぬのだから、要すれば、極く限られた物しか出来ぬという事なのである。

春以来、幾多の失敗を重ねながら、それでも、上手に出来たものも幾つかあった。先ず初めの成功は、これは馬鹿でも出来る物だが、二十日《はつか》大根、その次が春菊、その次は地這い胡瓜、ジャイアント・ベルトと呼ばれる西洋種の韮《にら》、不断草。目下は、秋の収穫を楽しみにしている薩摩薯とセロリ、来春の収穫を楽しみにしている貝塚玉葱、キャベツ、高菜、聖護院大根が芽生えの状態である。

もう一つ、これは何時収穫出来るかは一寸判らないのだが、食用薊《アーティチョーク》も相当に育っていて、これは草性強豪のところから、風にも負けずに何とか成功するだろうと思う。

今迄にやり損った物は、風にやられた物、赤ビート、菠薐草、茄子、ピーマン、唐辛子。土の深さが不足のために駄目になった物、四寸人蔘、大根、牛蒡等である。一年間は先ずはテストだから仕方が無いとして、来春からは、この一年の経験を生かして、上手に出来る物だけを丹念に作りたいと思う。きっと、薩摩薯、南京豆、二十日大根、不断草、そして今年からその儘生き続ける韮などが我が家の屋上田園の主産物となる事だろうと思う。

今年は颱風らしい颱風も来なかったが、それでも海から吹いて来る風の害は、潮を含んでいる事も手伝って、屋上田園に甚大な被害を与えた。これがこの冬、西風が激しくなる頃、又してもどんな被害を与えるか、本当のところは、冬を経験してみない事には何とも言えないと思う。

然し、そんな心配も加えて、矢張り、屋上に八坪の畑を作った事は、仕事の合い間の過ごし方としては、何よりも妙案だったと思う。

いも

いもには芋と藷と薯がある。芋はさといも、藷は本来は砂糖黍を表わす字だが、諸蕷がやまのいもを意味し、藷蕷がとろろを意味するところから、やまいもの事となった。薯は藷の変字だそうだが、甘薯と書かれ、馬鈴薯と書かれるのを見ても判るように、芋や藷よりもずっと後になって一般化したいも類に用いられるようである。

今年の春、この家が出来て越して来た時、友人がお祝いにと、水盤の上で芽を出している鑑賞用の里芋を呉れた。赤軸とか呼ばれる種類で、水盤の上には、既に二箇の芋が可愛らしく芽と根を出していた。小さな水盤の上では可哀そうに思った僕は、この二箇を、一階の食堂から硝子を透して見上げる事の出来る二階の小さな庭に植え込んでみた。新様式の建築なので、二階の庇下や屋根の上にも僅かずつ土を敷いて、そこでささやかな緑を楽しめるようにしてあるのである。里芋はその小庭の僅かな土ですくすくと育ち、夏の頃には、その芋が曾ては盆栽用のものであった事などは忘れさせる程に大きな葉を拡げ、今も尚秋風にその美事な緑の葉と赤い葉柄を揺らせている。これ程大きく育ったからには、随分沢山の芋がこの下には出来ているに違い無いから、掘って食べようとの意見も大分あったが、今年はこの儘にして、来年又春に芽を出して、夏に大きく繁ったら、その時に掘ってみようというのが僕の意見である。

一方、二階の屋根の上に設けた八坪の畑には、越して来た春以来、種々の野菜を作った。作ったものは、ジャイアント・ベルトと呼ばれるアメリカ種の蒜《にら》、イタリー種の食用薊《アーティチョーク》、セロリ、パセリ、チコリその他の洋菜類、三寸人蔘、蕪、二十日大根、等々、そして薩摩薯である。薩摩薯は蔓を初夏に植え込んで、既に十月には二貫目程の収穫を得た。屋根の上なので風と潮の害が強く、地這い胡瓜は何とか穫れたが、他の瓜類は失敗した。薯は、大成功と迄は言えなかったとしても、幸い地面の下に出来るものだから風の害を逃がれて先ず先ずの出来だった。今は、人蔘、サラダ菜、二十日大根等の収穫の跡に高菜と辛子菜が育ち、薯の収穫の跡には、この辺で良く出来る蚕豆《そらまめ》が芽を出し始めている。

今年は、芋と薯とは自分で作る事に依って縁を結んだが、藷の方は作らないでも毎年縁がある。秋になると、息子がやまいも掘りに熱中して、裏山から何本も大きいのをぶら下げて来るからである。この辺、三浦半島の秋の山を歩けば、秋が更けるに連れて、やまのいもの細いハート型の葉が黄色に輝いて風に揺れているのを幾らでも見る事が出来る。あれを掘ってみよう、そう息子と僕が相談してその趣味を始めたのはもう七、八年も前の事だった。それ以来、色々と研究して、真直《まっすぐ》に上下に突くようにして地面を掘る道具も揃え息子は今ややまいも掘りのヴェテランになった。簡単そうだが仲々に根《こん》が要る労働で、それぞれ地形、土質の異った場所で、地中深く伸びている折れ易く欠け易いやまのいもを掘るのは、結構やってみると難しい事なのである。今年ももう秋酣《たけなわ》の候になった。先週の日曜日には、息子は、半日掛かりで立派なやまいもを三本ぶら下げて帰って来た。今週の日曜日にも裏山に出掛けるという。

そういう訳で、今年は、芋にも薯にも藷にも縁があった。ただ、縁が無かったのは馬鈴薯である。そこで、来年には馬鈴薯の春作を屋根の上の畑で実行しようと思う。この辺は温暖地なので、三月の初旬には既に種薯の植え付けに入れるというし、そうすれば、五月か六月には収穫が出来ると思う。芋と藷と薯の縁を楽しみながら、その先きは、八ツ頭なども作る事にしたいと、今から来年の春が来るのが楽しみで仕方が無い。

煎餅

佐世保の街を歩いていたら、九十九島せんぺいと書いた宣伝看板が幾つか目に入った。せんぺいの語は、九州から来た家に育った僕にとっては懐しい。祖父も祖母も、煎餅はせんべいでは無く、せんぺいと発音していたし、しぇんぺいと発音する博多の親類も居た。小さい頃の事だからよく覚えていないけれども、もしかしたら、周囲の大人達《おとな》の言い方を真似て、僕もしぇんぺい、或いはせんぺいと言っていたのでは無いかと思う。

今の子供達はどんな菓子を食べているのか、小さい子供を持たない僕は知らないが、僕達が子供だった昭和初期には、子供の食べるお菓子と言えば、先ずは煎餅とキャラメルだった。子供ばかりでは無い。大人にとっても、気軽な意味での菓子の代表がこの二つであった事は、人の集まるところに行けば、「えゝ、おせんにキャラメル、サイダーにラムネ」と言う物売りの小父さんの声が聞こえぬ事が無かった事でも項突《うなず》ける。

僕は今でも煎餅を好きだし、円い手焼きの塩煎餅を齧りながら、昔、子供だった頃、寒風の吹く原っぱで、鼻水を垂らして遊びの片手間に齧った煎餅の美味さを思い出したりする。どういう訳か、円い塩煎餅と冬は結び付いて記憶の中にある。正月の休みに炬燵で食べた煎餅の美味さも記憶に鮮かだ。

大人になってからは、子供の時程の感激は失せたが、煎餅と僕との関係は、それでも続いていた。戦後、東宝映画の専属作曲家をしていた頃は、砧《きぬた》のスタディオでの録音の時にはわざわざ下谷車坂に近い「あづまや」という煎餅屋迄助手に車を走らせて、幾つかの大きな紙袋に一杯の煎餅を買って来させては、スタッフ一同でそれを食べるのを習いとしていた。スタッフの中に、この店の煎餅を矢鱈《やたら》に推奨する人物がいたのが縁で、その頃はこの店の煎餅が東京で一番美味《うま》いのだと僕達は信じていた。又実際美味くもあった。東宝をやめてからはその店との縁は切れたが、この前、根岸の、「笹の雪」に豆腐料理を食べに行った時に、久し振りにその店の前を通って懐しい思いをした。「あづまや」は、「笹の雪」に入って行く路地の入り口の右側にあるのである。

煎餅にはもとより色々の種類がある。薄焼きの上等なもの、あられと呼ばれる小さなもの、拳骨《げんこつ》と呼ばれる固い四角のもの、油で揚げたもの、磯巻きと呼ばれる海苔で巻いたもの——挙げれば限り無い種類がウィンドーには並んでいるし、罐の中にそれ等がセットになって詰められたものもあるが、僕は、何故か、それらの、言うなれば上等のものは好まない。揚げ煎餅と薄焼きは、時に依っては悪く無いと思う時もあるが、何と言っても、煎餅は矢張り手焼きの円い、所謂《いわゆる》原型が最も良いような気がする。円盤状の大きな一枚を持って、最初に前歯でその円盤をぱちりと割る時の気分は、何か、新しい大事業に取り掛かる時のような新鮮な感覚に似てもいて、どきどきしてしまう。矢張り、煎餅は大きな円型のものに限ると思う。

その円型のものにも、砂糖を斑《まだら》に白く付けたもの、この頃は余り見掛けないが、ソース焼き、ざらめを散らしたもの、又、青海苔の粉が入ったもの、胡麻を散らしたもの、等、幾通りもがあるようだが、結局、何の細工もしない、醤油の味だけの素のものが、あきも来ずに良いようである。

今日も、プレーンの円型を齧りながら、物事、余り細工をしたり、小利口に飾っては駄目なのだという事をつくづく考えた。これは煎餅との付き合いで僕が会得した一つの教訓である。

ピスタチオ

　前には余り日本では見かけなかったのだが、この半年程前から、デパートや食料品店のナッツの売り場に、ピスタチオを見かけるようになった。昨日の如きは、東京駅を歩いていたら、構内の売店にさえ、蜜柑や煙草と一緒にピスタチオの袋入りが並んでいたので、随分このナッツも一般的になったものだと思った。

　ピスタチオは、乳白色の固い殻の中に、ピーナッツに似た中身が入っていて、その固い殻が、十箇のうち九箇迄は縦に割れている。その割れ目に爪を立てて、ぱちんと音を立てて割ると、中から、大して見栄えもしない、痩せたピーナッツのような実が転がり出す。ところが、この実は見かけに依らず、実に香ばしくて、稍《やや》甘味も含んでいて、美味しいのである。大概の売品は塩がまぶしてあって、塩気と実本来の甘味がよく溶け合って、色々と種類のあるナッツの中でも、最も美味なものの一つでは無いかと思う。

このナッツを初めて知ったのは、十八年前、折柄突発したスエズ戦争の中を、イラクのバグダッドに居た時だった。戦争の開始とともにバグダッド飛行場は閉鎖され、街には不穏の空気が流れていた。イギリス系の資本に依って運営されていたオイル・パイプは爆破され、飛行場閉鎖のために何処の国にも出られなくなってしまった僕は、飛行場が再開される迄の二ヶ月を、イラク国内をうろうろしていたのである。そんな或る日、バグダッドのティグリス・ホテルのバーに坐って、ティグリスとユーフラテスの両河の岸で穫れる棗椰子《デーツ》から作るアラックの酒を呑んでいると、バーテンが、お摘まみにこのナッツを出して呉れた。丁度傍に坐っていた、エジプトから流れて来たというベリー・ダンスの踊り娘が、こうして食べるのよ、と言って、赤く塗った爪で器用にぱちんと殻を割っていた。我々がやるように両手を使わずに、片手でぱちんと殻を割ったその馴れに、僕は異国を感じたのを覚えている。

「この実はフストックって言うの、よその国ではピスタチオと言うわ。精力が付くんですって」

踊り娘は説明しながら、片手で、ぱちぱちと幾つものフストックを割って呉れた。

ピスタチオの穏かな風味と、強烈なアラックの香りは、妙によくマッチした。

ピスタチオは、ピスタシアと呼ばれる、パレスティナ原産の木の実で、ピスタシアは、樹型が美しいので、庭木にもされていると言う。早くからこの実の美味な事は知られていて、地中海沿岸の方々の地方に移植されている。千疋屋の御主人の斎藤義政さんの名著、「くだもの百科」に依れば、このピスタシアの樹脂液は芳香を持ち、随分古い時代、ヒポクラテスの頃から、薬用、香料に使われていたそうである。新約聖書の中には、マグダラのマリアが香油をひたした自分の髪でキリストの足を拭く場面や、最後の晩餐中に、高価な香油をキリストの頭にかける女の話しや、復活の際に香油を持って女達がキリストの墓に行く場面が出て来て、女と香油は切っても切れない関係があった事を示すが、これらの香油は、ピスタシアの香りが主体だったと言われている。

アラブの国々を歩いた頃、僕は未だこのピスタシアの木を知らなかったので、気を付けなかった事が残念でならない。今度あの辺の国々を歩いたら、ピスタシアの木を調べ、出来得れば苗を日本に移したいと思う。

蟹漬け

このところ九州に行く機会が多くて、長崎、佐世保、博多、唐津、佐賀などと東京の間を何度も往復しているうちに、佐賀で覚えた蟹漬《がんづ》けのとりこになって、食事の度にこれが無いと工合が悪いようになった。蟹漬けは、有明海の泥海に産する片一方の鋏が大きく、片一方の鋏が小さい潮招《しおまね》きという小型の蟹を潰して、唐辛子を加えた一種の塩辛のようなものである。この蟹は亜細亜各地の泥の干潟に棲んで、潮の干いた時に泥の穴から出て、大きな方の鋏を上げ下げする習性があって、蟹にしてみれば自分の領分《テリトリー》を誇示しているのだろうが、見ている人間には、潮よ来い来いと招いている風に見えるところからこの名が付いたと言う。

この蟹漬けの産地は佐賀で、凝った人は、潰された甲や鋏の堅い歯触りを無くするために、これを再び擂鉢《すりばち》で当たってどろどろにして食べる——と言うか、舐めるが、一般には、食の進まぬ夏、これをその儘ご飯に塗《まぶ》して食欲増進を計ると言う。

当たり鉢で擂ったものも賞味してみたが、僕は、堅いがしがしした歯触りこそ蟹漬けの魅力の半分だと思うので、矢張りその儘を嚙む方が遙かに好きである。

これが無くては工合が悪いと言っても、多量に摂取するのでは無い。毎食、極くその僅かを瓶から小皿に取って、ほんの一口か二口これを嚙む。有明の海が口の中に唐辛子の香りと一緒に拡がって、僕の味覚を痺《しび》れさせる。その痺れ工合と辛さのミクスチュアが、実に何とも言えない。

ところが、家の者達は全く蟹漬けに興味を示さないばかりか、瓶の蓋を取って匂いを嗅いでは、生臭《なまぐさ》くて遣り切れぬと言うのである。趣味の差とでも言うのであろうか。女子と小人は養い難いものだと思う。

蟹漬けを毎食の膳の小皿に取っては楽しんで半年程経った或る日、夕食に招いた友人が、僕が蟹漬けの小量を口に含んで嚙むのを見て、それは止めた方が良い、ジストマが居ないとも限らないし、その辛さに加えて、固く細《こま》かい甲や鋏の破片が胃に良い筈が無い、蟹漬けは癌漬けかも知れないから止めた方が良い、と忠告を繰り返した。反論するだけの学問的根拠が無いので、しつこくそう言われている間に、少しはそういう傾向があるような気もして来たが、食事毎の蟹漬けの魅力には勝てぬ儘、ほんの少量なら大丈夫だろうと、少々気にしながらも、今もその習慣を続けている。

潮招きは亜細亜の泥の海岸の至る所に棲んでいて、随分南方のマングローブが生い茂る場所でも、大きさの異なる左右の鋏を上げ下げしている姿を見たが、朝鮮半島にも居るらしく、この頃は、有明海の潮招きは、公害の海水汚染のためか乱獲のためか、その数が減って来たので、市販の蟹漬けの大半は、韓国から輸入した潮招きで作るのだと教えて呉れた友人がある。その友人は佐賀の男なので蟹漬けに詳しく、市販のものを買う時は、何々のレーベルのものが良いとか、色は濃からず薄からずのものを撰べと言うのだが、人間の趣味というものは一律のものでは無く、僕は何度も友人のお奨め品を買ってみて、それよりも、自分で見付けた、福岡の空港で売っている格安品の方が美味だと思って、それを愛用している。その格安品は、友人に言わせれば色が濃過ぎて、きっと韓国の潮招きが九十パーセントだと言うが、僕にとっては、どこの国から来た潮招きだという事を知る必要はさらさらに無く、美味《うま》くて、口に含んで有明海を思えばそれで良いのだから、余計な事は言うなと友人には言って置いた。

未だ暫《しばら》くの間、我が家の毎食には、蟹漬けが小量宛《ずつ》顔を出しそうである。そして、小量の事だから、きっと僕はジストマにも癌にも当分ならないだろうと思っている。

柘榴

昔、バグダッドの街を歩いていたら、道端に色々な物売りが出ていて、丁度残暑の厳しい時だったので、物売り達は、強い陽射しを避けて、庇の下や、棗椰子《なつめやし》の葉蔭で、それぞれの売り物を前に並べて坐り、いつ通るか判らぬ買い手を待つ時間を、おしゃべりに身を窶《やつ》しているのだった。物売りは、真黒なチャードルに身を包んで、眼だけを出している女達が主だった。イラクでは、男はひらひらした白い布を頭に被《かぶ》り、その上を、中に針金の芯の入っている黒い綱のようなもので巻く。聞いてみると、あのひらひらの布は直接頭に被るのでは無く、パナマのような植物繊維で作った小さなキャップを先ず頭に被って、その上から布を被るのが普通だと言う事だった。男のあの被り物はゴットラと呼ばれている。女のチャードルは、黒一色。然し、よく見ると、眼の出し方に色々と方式があるようだった。最も普通の、横に四角の両眼を出したもの、眼の部分が薄い絽《ろ》のようになっていて、いわばサングラスのように眩しい外光を遮断し、外からは眼許が見えないようになったもの、老婆用の、顔の半分位を出した儘のもの等々がある。

チャードルの女達は、思い思いの売り物を前に並べて、地面の上に蹲《うずくま》っていた。女達は、強い陽の照り返しの中で黒い塊りのように見えた。笊に盛ったピーナッツやピスタチオを売っている女、脚を縛った家鴨を三羽前に並べている女、二十箇位の卵を並べている女、棗椰子の実を細枝ごと束にして並べている女、それらの女達の並べているものは、国中殆どが砂漠のこの国の産業の貧しさを象徴していた。この中で印象の深かったのは柘榴《ざくろ》だった。大きな盆に、山のように柘榴を盛っている女が居て、珍らしさを覚えたので、四、五箇の柘榴を買ってみた。

子供の頃、庭に小さな柘榴の木があって、梅雨時に咲く真紅の花が美しかった。花を鑑賞するための種類だったらしいが、それでも、秋になると小さな実がなり、実はやがて罅《は》ぜて、中から赤い粒々が顔を覗かせるのだった。それを食べようとすると、大人達は、

「柘榴は人の肉の味がするから食べてはいけません」

と言った。

子供心に思った事は、人間の肉を食った事も無いのに、柘榴の実を人間の肉の味がする、などと言う大人の良い加減さと、常識から考えても、人肉が柘榴のように酸味を帯びている訳は無いという事だった。

印度に昔、訶梨帝母《かりていも》という悪い女神が居て、他人の子供を捕えては食っていた。釈迦はその女神の誤ちを改めさせようと考えて、子供の代りに柘榴を食う事を教え、訶梨帝母自身の子供を隠して、子供を失った親の悲しみをも味わわせたために、改心して悪女神は善神となり、出産と育児を守る神となったと言う。鬼子母神の話しである。南方の柘榴は、血のような赤い汁に満ちているので、人肉食と柘榴が古代印度で結び付いた事は理解出来る。然し、人肉の味と柘榴の甘酸っぱい味は関係ないと思う。

バグダッドの柘榴は、実に美事に大きかった。多汁で美味な柘榴を味わいながら、柘榴はインドから中央アジアにかけてが原産地だという事や、訶梨帝母の話しを、僕は、甘酸っぱい香りの中で思い出した。ここは原産地に近いのである。

去年の春、今の家に移った時、家の下の斜面を利用して柘榴を植えようと思った。

乾燥しがちな斜面を覆うように柘榴の林が真紅の花を咲かせ、秋にたわわの実を着ける事を僕は幻想したのである。植木市を歩いて、柘榴の苗木を物色したが、思ったような苗は少なく、あっても、妙に高価で僕の手には負えなかった。苗木が一本八千円も九千円もしては、植える事自体が馬鹿馬鹿しくなってしまう。

そこで、苗木を植えるのは諦めて、秋に大型の柘榴の実が千疋屋に出たのを見付けて、その実を買い、種子を播く事にした。千疋屋の店員に、随分大きな実ですね、と言ったら、はあ、中央アジアから来た柘榴ですからと答えた。僕の脳裡を、ゴッホトラやチャードルが瞬間的にちらちらした。

種子は播いたのだが、芽は一向に未だ出ない。春も酣《たけなわ》になる頃、小さな芽が出るのか、或いは、冷凍でもされて送られて来る間に種子は死んでしまっていたのか、僕には未だ判らない。

いずれにしても、この春が過ぎる頃、その答えは出ると思う。

どうしても、好きな木、好きな花、好きな実なので、柘榴を植栽したいと思う。

市場

初めての街を訪ねた時、所用の合い間に、僕の訪ねるところは二つあって、それは動物園と市場である。僕の所用というのは、国外では多くの場合演奏会やオペラの上演を聴く事だし、国内では演奏会やオペラの指揮をする事なので、夜に仕事は集中されて、昼間に自由な時間が多い。昼間の時間の過ごし方に、この二つの場所はうってつけだし、この二つの場所で僕は多くの事を考えたり教わったりする。大体、動物園と市場では、いくらその中をうろついていても、ほとんど金がかからない。この点も良い。

これは、何も、そうしようと計画を樹てて始めた趣味では無い。長い間、旅から旅を重ねているうちに、自然と、僕の時間帯と僕の傾向が重なってそうなったわけで、然し、自然にそうなっただけに、この性癖は一生続くだろうと思われる。

動物園は随分方々を歩いた。日本中は殆んど全部。海外も、歩いた街々の動物園は殆んど虱潰《しらみつぶ》しに訪ねた。動物園はあってもオペラ劇場の無い街はあるから、海外で僕の訪ねた動物園の数はオペラ劇場の数より多いと思う。世界最古と言われるフランクフルトのそれ、檻《おり》が無いので有名なハンブルグのハーゲンベック動物園、マリア・テレザの時代の金色の飾りのある檻に豹などが寝そべっているウィーンのシェーンブルン城内のそれ、パリの、ニューヨークの、ロンドンの、エディンバラの、北京の、上海の、又、路傍に何箇かの檻しか並んでいなかった世界最小と言って良いと思われるプノンペンの、等々、自分の訪ねた街々と重なって、僕の脳裡には、沢山の動物園の思い出が流れる。そして、動物園とともに、恐らくそれ以上の数の市場の雑沓が、喧騒が思い出されて来る。

市場でよく行ったのは、パリのシテ島の古い市場だった。今は殆んどオルリーの空港に近い場所に引越してしまったが、昔は、その大きさから言っても、品物の豊富さから言っても、特に食品の種類の多さは白眉だった。パリの市場で買った鮪のとろの美味だった事などは、未だに忘れられない思い出である。

市場の思い出の中で、強烈なのは、イラクのバグダッド、イランのテヘラン等の、中近東のバザールだった。何ともつかぬ喧騒の中で、食物、衣類、絨緞《じゅうたん》、銅製品等を見て廻っていると、走り抜ける子供や、群衆をかき分けて行く、背に水がめを積んだ驢馬《ろば》や、奇声を上げて品物を叩き売りする商人や、値段の交渉をするチャードルを被った女達、何ともつかぬ臭気、土埃、熱気等が、強烈に思い出されて来る。

　最近訪ねた市場は、博多の柳町の市場と、下関の唐戸の市場だった。博多では、飛行機を待つ間に、丁度ぽっかりと空いた時間を利用して、鴨頭葱《こうとうねぎ》とおきゅうととあぶってかもを買うために市場に行った。鴨頭葱は、九州でなければ仲々良いものが手に入らない小さく細い葱で、ざくに切って味噌汁に浮かべたり、河豚《ふぐ》料理に使ったりすると工合が良い。ずっと前に食通の檀一雄さんと博多の市場を歩いた事があって、その時に、ここの市場に来たらこれだけは是非買う可きものだね、と教わったのが始めだった。その時は高等葱と書くのかと思っていたが、その後、鴨頭葱と書くらしい事を知った。市場の方々にそう書いてあったからである。おきゅうとは博多の昔の朝食の膳によく出た海藻で作ったジェリー状のもので、これを細く切ってきし麺状にして、生薑《しょうが》醬油をかけて食べる。あぶってかもは、すずめ鯛の一塩、これも朝食に焼いて食べる博多の味である。

　下関の唐戸の市場は、河豚の季節には活気を帯びる。ここの市場の面白さは、太平洋側のものと日本海側のものの両方が並ぶ魚にあるだろう。河豚の季節はもう終るところだったが、その豊富な魚類と、値段の安さは、気の狂ったような東京の物価高の中から来た僕に安堵感を与えて呉れた。

市場を歩く事は、その地方の物産に触れ、需要と供給の接点を見、値段を通してその地方の人の暮らし方を知る上で、実に沢山の意味を感じるものである。

動物園は、動物を別にしても、子供を通してその地方の人の心に触れ、ここでも多くの事を僕は教えられる。

動物園と市場は、僕の訪ねる旅先きの教室として、未だ暫らくの間重要さを失わないだろうと思う。

蕎麦

食べる事は人一倍好きだけれども、所謂《いわゆる》食通では無いので、世間の人達が美味しい、美味しいと言っても、僕には一向に美味しく無いか、美味しいと思えないものが沢山あって、先ずその第一は蕎麦《そば》である。

蕎麦には先ず恐怖を持っている。誰だったかがふと言った事なのだが、一本一本の蕎麦は、よく見ると四角の断面を持っていて、その四角の角の部分が、嚥《の》み下す時に食道を鋭利な刃物のように傷付けると言うのである。そして、消化してしまうまで、胃の中をも傷付けると言うのである。

真逆《まさか》そんな事は無いと思いはしたのだが、妙にその言葉が気になってしまって、それ以来蕎麦を食べると、今頃は食道と胃がずたずたに切れているのではないかと心配になって、どうも蕎麦を食べる気にならなくなってしまった。今でも、決してそんな馬鹿な事をその儘信じてはいないのだが、やはり蕎麦は積極的に食べないし、もし食べてみても、美味しいと思えない。蕎麦は、がさごそとした感触があって、好きな人にはそれが良いらしいが、僕にはその感触が如何にも救荒食料と感じられて、食べれば食べられるという程度の存在にしか思えない。

ところが世の中には蕎麦でなければ夜も日も明けない蕎麦気違いが居るもので、蕎麦屋の蕎麦では満足出来無くなって、自分で蕎麦粉を買って来て打ち出したまでは良かったが、それでも満足出来無くなり、とうとう新潟の塩沢の近くに畠を借りて、自分で蕎麦を蒔いて、蕎麦粉を自分で挽く迄凝った友人が居る。その友人が久し振りに遊びに来たので蕎麦作りの話しを聞いた。

「先ずですね、あの辺では、一升の種子を蒔いて、二十倍、詰まり二斗の蕎麦が収穫出来れば上等だという事になってるのです」「ほう」

「最初に蒔いた時は秋蒔きだったので、不馴れでしたけれども、それでも一斗八升の収穫があって、大いに喜びました」「ほう」

「ところが、春蒔きで失敗しました。ヒワという鳥にやられました。憎《に》っくき鳥ですなあ、ヒワの奴は」「ほう」

「黄色いような小鳥がどこからともなくやって来て、若い蕎麦の実をちゅうちゅう吸ってしまうんですよ。そこで憤慨したこちらは、附近の農家の小母さんを一日三千円のアルバイトで傭って、鳴子でおどかすやら、棒で追払う事をして貰ったんですが、小母さんが帰ると、すぐさまヒワは襲来して、蕎麦を食ってしまうのです」

「ほう」

「そこでね、網を借りて来て、小さな畠ですから、すっぽりと蕎麦畠全体にその網を被せて、これで安心と思ったところが、その頃になると、生長した蕎麦の根元にヒワは既に潜んでいて、網の中でヒワは蕎麦食い競争に励んでいるのです。その上、泥を掘って、外側のヒワも自由に入って来て、いやはや惨澹《さんたん》」「ほう」

「ヒワは鳥と弱いと書きますね」

友人は掌《て》の上に鶸と書いて見せて、

「ところが、弱いどころか、強い鳥ですよ、こちらはヒワに負けてしまいました」

「ほう」

「結局、一升の春蒔きの収穫はたったの八合、その上、農家の小母さんのアルバイト三万円に網の借り賃までかかりましたから、日本一高い蕎麦になっちゃいました」

「ほう」

「今日はその蕎麦粉を持って来ましたからこれから一つ、腕によりをかけて打ちます。召し上がって下さい」

友人は、前かけなどをしめて、蕎麦打ちにかかり、蕎麦気違いだけあって美事な蕎麦を供して呉れた。

「このごそごそとした感じ、これが売っている蕎麦と違って独特です」

と友人が威張るので、

「咽喉が切れたり、胃が切れたりしないかね」

と訊いたら、

「は、そんな事はありません。鶏でも食べるんですから」

と友人は何か勘違いをして、見当外れの返事をした。

その答えが可笑しかったので、僕は弱いと人の二字を組み合わせた人間になったような気持ちになって、心配しながらその蕎麦を啜《すす》った。

上等らしいのだが、やはり蕎麦は、余り美味しいとは思われなかった。そして、僕は、自分をやはり通では無いなと考え、寧《むし》ろ通などで無くて良かったと思った。

地方銘菓

昨今旅が多いので、色々な地方の街を歩くと、何処にも街々には名物のようなお菓子がある事に気付くようになった。

折角あるのなら試してみようと、僕は生来菓子を余り好まないに拘らず、我慢して、一つか二つ宛《ずつ》を頬張ってみるようになった。そうして頬張って噛み込んでみたものは、最近の九州旅行では福岡の鶏卵素麵。鶴の子。唐津の松露饅頭にけいらん。柳川の越山餅《こつさんもち》。長崎のかすていらに長崎物語というもの。佐世保の九十九島煎餅。佐賀の佐賀ぼうろと飴がたという古風な菓子。飛んで北陸に行って富山の月世界という固い菓子。東北秋田の御幸《みゆき》の花とさなづら。

ところが、昔から名物に美味《うま》い物無しと言われている通り、美味いと思う物は殆んど無いと言って良かった。然しこれはそれ等の菓子が悪いと言う意味では無く、僕が基本的に菓子を好まない事に原因があると思う。菓子と言えば何でも好きだと言う人が世の中には案外多いし、殊に女性や子供には多いから、その人達にとってはこれ等の名物は魅力的なのであろう。

然し、これ等の菓子がどれもこれも僕の口に合わなかった訳では無い。例えば福岡の鶏卵素麵はまあまあ美味いと思ったし、さらし飴の中に黒砂糖がちらちらと入っている佐賀の飴がたの古風な味も良かったし、唐津のけえらんという、上糁粉《じょうしんこ》の中に餡の入った濡れたような菓子も、古風な素朴さがあって、そのサンドキッチ程もあろうと思われる大きさが、如何にも九州の乱暴さを物語っていて仲々に良かった。初夏の事とて、すぐ傷《いた》みますからと言われて食べたその余りを、翌日になって焼いてみると、その焦目のこんがりとした香りが加わったそれは、又格別な風味だった。福岡と唐津は近く、その二つの街に鶏卵素麵とけえらんという名の菓子がある事は紛《まぎ》らわしいが、唐津のそれは鶏卵では無くて、一度食べると美味くてまだ食べたくて帰らんという意味だと唐津の友人が教えて呉れたが、無論これは冗談だと思う。米の粉食は昔から南方から伝わって、日本ではしとぎと言われ、餈、粢の字が用いられたが、南方では食料であるしとぎは、日本では祭りの目的にのみ残ったから、この唐津のけえらんもお祭りの菓子のような物なのだろうと思う。

日本でも食べる物をけ、飯の事もけと古語で言ったから、南海との縁の深かった唐津に入った米の団子は、けの団子が九州のかろのうろんや（角の饂飩屋）風のDのRへの変化をしてけらんごになりけいらんになったのかも知れないなどと考えた。

かすていら、佐賀ぼうろも美味しかった。

結局、こうして味わってみると、奇妙な事だが昔からある素朴な菓子は美味しくて、新製品は皆駄目という事になって、これは、こちらの味覚が古いのか、歴史の網の目を通って来た物は矢張り良いから残ったのだと思う可きなのか、一体どう考えるのが正しいのかと言う事だった。

色々と考えてみると、新らしく出来た名物はどれもこれも形ばかりを気にして作られていて、大切な味の方に全くオリジナリティーが感じられない事に気付いた。

殆んどの物が饅頭かかすていらか餅菓子か羊羹《ようかん》のヴァリエーションで、名物と言いながら、肝心の味の上での特徴が何も無いのである。丁度日本中の駅前が形ばかりの広場と俗悪なショッピング・アーケードになって、何処の駅を降りても同じになってしまったのと同じで、特徴も何も無い平均化が、本来その反対である可き各地の名物にも極端に起こっているのだと思う。

名物に美味い物無しと昔から言われている上にこの平均化が起こっては、最早救いようが無いと思う。

結局、昔からその儘の物が良いという事になる訳で、名物に限って言えば、改良、進歩は改悪、退歩に繋《つな》がるのだろうかと不思議に思えて来る。買う側の頭と味覚の質が下がって来て、そうした人達の大多数が平均化したものの方を求めるのかも知れない。

もともと菓子の類は余り好きでないのに、無理をして地方の銘菓を食べてみた結果は、以上の通りだった。

そして僕は、再び菓子を食べぬ人間になりそうである。時たま、極く古臭い素朴な菓子に出逢った時にだけそれを摘まむ位にして、あとは見て過ごす方が身体のためにも良さそうである。

かしわ

今考えても不思議で仕方が無いのは、兵隊だった時の異常な腹の空き方だった。何であんなに腹が空いたものか、兎《と》も角《かく》腹が空いて空いてどうにもならず、恥ずかしながら、帝国軍人の端くれとして申し訳無くも、只管《ひたすら》食い物の事ばかりを考えていた。それも大陸や南方の島嶼で実戦に従いながら飢えに苦しんだとか、敵軍の包囲攻撃を受けて糧道を断たれた結果とかならば話しは判るが、内地の、然も東京で、高粱飯《カオリヤン》ではあったにせよ、ちゃんとした食事を三度々々あてがわれていながら腹ばかり空かしていたのだから、全くお話しにも何にもなりはしない。

兵隊の時の腹の空き方は、何が理由かと考えてみると、大して頭を使わずに身体ばかりを鍛えるために実際に腹が空くことが無論基本にあったのだが、それだけで無く、決められた時間に、あてがわれた量だけしか食べられないという精神的な遣り切れなさが、こちらの心を貪婪《どんらん》に駆り立てたのだったらしい。

そんな工合だったので、一寸の暇があると兵隊同士は食い物の話しばかりをしていた。その話題は、何町の角の鰻屋は美味かったとか、ああ、大福餅を山のように食いたいとか、大盛りのカレーライスを三杯食って寝転がっていたいとか、全く他愛の無い事ばかりだったが、中に大阪から来ている兵隊が居て、この男は鶏が矢鱈《やたら》に好きらしくて、何時も、かしわ炊いて沢山食いたいのう、沢山食いたいのうを繰り返していた。兵隊の食事には、手数のかかる鶏が出る事は先ず有り得なかったから、この男の願いは兵隊であるうちには可哀そうにも絶対に果たされる気遣いは無かった。

戦争が終っても、暫らくは食料難時代が続いたが、ようように物資が出廻るようになってから、或る時、旅先きの京都で鶏の水炊きを食べていた時に、曾《かつ》て兵隊の頃の仲間が、かしわを炊いて沢山食いたいと言っていた言葉を僕は思い出した。そして、大阪に帰って事業に成功しているという噂を聞くその友達は、きっと時々はかしわの水炊きを沢山食べている事だろうと思った。

鶏の料理は色々あるし、この節はアメリカからケンタッキー・フライド・チキンの店も上陸して来たが、和食では鶏は矢張り水炊きを以って止《とど》めを刺すと思う。洋食では、僕の好みではスタッフを詰めたロースト・チキンだろう。水炊きは、自宅でも行うけれども、京都で食べる機会が妙に多くて、前には先斗町《ぽんとちょう》の歌舞練場の前にあった「鳥やす」という店によく行った。この頃は九州での仕事が多いので、博多の「新みうら」という店によく行く。ここの水炊きはスープが独特に美味しいと思う。

水炊きが好きな理由は、鶏自体の味を最もその儘味わえる点にあると思う。その上、食べようとすれば軟骨も齧《かじ》れるし、嚙み潰せば骨の中の髄まで食べる事が出来る。上品ぶらずに、骨を散らかして水炊きを楽しむのは、冬も良いし、又、何故か夏も良い。食卓の上で火を使う料理は、当然冬が良いけれども、水炊きだけは味がさっぱりとしているからであろう、夏に又良しという気がする。

鶏をよく食べるのは中国人が第一だと思う。そして、次に鶏をよく食べるのはアメリカ人であろう。鶏を除くと中国料理のメニューには大きな穴があいてしまう。そして、鶏を除くと、アメリカ人のお弁当は成り立たなくなってしまう。中国では、広州の烏骨鶏のように、味を良くするために、人為的に小さく改良した品種さえある。アメリカの鶏は寧ろ柔らかさを主眼に大きく育てたものが多く出廻っているようである。ブロイラー飼育の結果であろう。

日本でもこの頃はブロイラー飼育が盛んになって、年寄りや通は、農家の庭先きなどを走り廻っていた地鶏《じどり》の締まった味を懐しむ人が多いが、如何せん、地鶏はもう仲々都会ではお目に掛かれなくなって来た。従って、今は、料理法でブロイラー飼育の鶏をどう美味しく食べられるようにするかという事を考える時代が来たと言える。

日本のような日進月歩とでも言うか、材料迄が時代とともにどんどん変化する国では、料理法も余り狭く固定せずに、材料や人の好みの変化でどんどん新らしい方法を開発する必要に迫られるものなのだと思う。

かしわの味だけを考えてみても、日本は忙しい国だと思う。

唐辛子

どういう訳だったか思い出せないのだが、多分、園芸屋の前を通っていて、種子の袋の彩色写真を見て惹かれたのが原因だったのだろう。今年の春、僕は中庭に鑑賞用唐辛子という植物の種子を播《ま》いた。買った袋は二袋だったので、そうで無くとも一袋に相当量の種子が入っていたために、広くも無い中庭は、既に隅の方は擬宝《ぎぼう》珠《し》や金柑に占領されていた関係で、残余の殆んど総べての面積をこの唐辛子が占領する事になった。播いた時にはこんな事になるとは思っていなかったし、芽が出た時も、その芽が育ち始めた時も、未だこんな事になるとは思わなかったのである。ところが、生えて育った唐辛子の木は、あれよあれよと大きく威張り出して、折角生えた生命を間引きするのも可哀そうだと思ってその儘にしたので、中庭中を占領し、擬宝珠や金柑をも押しのけんばかりの状態となった。

白い可愛い花がそれぞれの木に沢山咲いた。そして、花は悉《ことごと》く唐辛子となった。唐辛子は茄子科なので、「親の意見となすびの花は千に一つの無駄も無い」という言葉を僕は思い出した。鑑賞用と書いてあっただけに、中庭の唐辛子は妙に象牙色をしていて、形は三角形で、ピーマンを小形にしたような姿だった。説明書には、白から青へ、青から赤へと順に色が変わりますと書いてあったが、日照の工合のせいか、土質のせいか、中庭の唐辛子はいつ迄も象牙色の儘でいて、つい最近、寒さが訪れるようになって、急に赤くなり始めた。青の段階を何故か飛び越えたのである。とってあった説明書をよく読んでみると、五色に変化する唐辛子の可愛い姿を鑑賞なさった後には、香辛料としても御利用いただけます、と書いてあった。青の段階を一段飛ばした唐辛子ではあったが、食べられるとなれば、食べねば損である。僕は、象牙色の若い実を横眼で薄気味悪く見ながら、赤く色付いた実を一つ取って齧《かじ》ってみた。味は本格的な唐辛子のそれで、辛みも相当なものだった。香りも良い。およそ、唐辛子の良さは、辛みと、香りにある。

僕は種々の唐辛子類に凝ってみた結果、唐辛子の良否は香りにあると思っている。昔は辛さだけを賞味していたけれども、辛さに香りが加わってはじめて唐辛子の良さが出来上がるのである。

九州の佐世保の友人の家で食事を御馳走になった時に、極く小さな真円の唐辛子が出て来た。この唐辛子は、飛び上がる程に辛く、又、香りが強かった。時々市場に出廻る事があるのだと言う。その味を愛《め》でた僕は、数粒を貰って帰り、家の庭に播いてみた。然し、播く季節が悪かったのだろう、芽さえ出なかった。南方系のものらしく思えたので、温度不足だったかも知れない。

バンコックからシャム湾を廻って、マレー半島の付け根あたり迄を旅した事がある。映画で有名になったクワイ河の近くの村で、ふと入った一膳飯屋で食べた料理の辛さは今でも忘れない。スープから、肉料理から、魚、野菜、卵、何から何迄の一皿一皿が飛び上がるように辛かった。どの皿もが唐辛子で真赤だった。唐辛子の好きな僕は大満足の態で、その総べての赤い皿を平らげはしたが、流石《さすが》に額からも鼻の頭からも汗がぽたぽたと落ちた。あの辺が世界で一番食事が辛い場所なのである。

タイの友人に、何故こんなに辛くするのかを訊いてみたら、タイ人も皆辛過ぎて困っています、という。それなら唐辛子の使用を控えたら良かろうと言ったら、いや、そうすると楽ですが美味《うま》くなってしまうのです、と答えた。妙な話だが、唐辛子好きとしては判るような気がした。

九官鳥を飼っていた時に知ったのだが、あの鳥は唐辛子が大好物である。真赤な辛い奴を与えれば喜こんで幾らでも食べる。そして、唐辛子を食べた九官鳥は元気になる。九官鳥にとって唐辛子は薬なのである。この事を愛鳥家は知っていると便利だと思う。九官鳥の故郷はヴィエトナム、ラオス等の森林である。事に依ればタイ国にも居るかも知れない。南アジアでは鳥も人も唐辛子を好むという事を思うと、面白くもあるし、不思議でもある。きっと、唐辛子の何らかの成分が、人の身体《からだ》にも鳥の身体にも役に立つのでは無いかと思う。

僕は四季の中で最も夏が好きだし、自分を南方系の人種だと思っている。唐辛子を好きな理由、鑑賞用の唐辛子を食べて喜こぶ理由も、きっとそのせいだと思う。

椎茸

八丈島の山の中で、着生している石斛《せっこく》という蘭科植物の写真を撮ろうと思って、年古りた大木に攀《よ》じ登っていたら、苔の着いた半枯れのその大木の肌に茸が沢山に生えているので、珍らしい茸かも知れないと思って、その写真も沢山撮った。一週間程して現像が出来て来たので、茸に詳しい友達に見せて鑑定して貰おうと思ったら、友達が笑って、これは普通の椎茸じゃないか、と言ったのには驚いた。椎茸というものは栽培したものに限られていて、自然に生えているなどとは思ってもみた事が無かったからである。

そこで、すぐさまその友達と山に分け入って、この前の大木に攀じ登り、笊《ざる》一杯の天然椎茸をとって来た。成る程、とって笊に盛れば、確かに椎茸である。香りも良かった。

このところ「椎茸健康法」などという本も出て、自然食復帰の一環でもあろうか、椎茸は一寸したブームである。前の晩にその儘水に浸しておいて、翌朝エキスの出た水を呑むと良い、その場合、縁の薄くなっている姿の椎茸では効力が弱いから、縁が内側に丸まっているのを用いるように心掛けなければいけないと言って、人にもやれやれと奨める友達がいる。おつき合いだからと思って、一回だけやってみたが、翌朝呑んだ椎茸エキスは、案外美味しかったけれども、今のところ元気一杯のこちらとしては、何も今更こんな事をしなくても元気で無病息災なのだから、元気で無くなった時にでも呑もうという位の感慨しか受けなかった。エキスの出た水は香ばしく、一寸茶色がかっていた。

椎茸は食べないわ、と言う女性が居た。その女性の言に依ると、椎茸を食べると体臭が強くなって、誰彼に迷惑をかけるから、これは女の身だしなみなのだと言う事だった。吃驚《びっくり》した僕が、そんな事は初耳だけれど、本当かしらと訊くと、あら、御存知ありませんでしたの、それはそれはひどい匂いになりますのよ、自分でも気持ちが悪くなる程でございますわよ、と答えた。本当かどうか僕は今でもこの事は疑問に思っているけれども、椎茸を食べる前と、食べた後の女体を嗅ぎ較べてみる程の暇を持っていないので、この疑問は疑問の儘終りそうである。

国東半島で椎茸栽培を業としている友人を僕は二人持っている。二人とも陸軍の軍楽隊時代の友人なのだが、この間、その一人が言うには、椎茸程不思議な茸は無くて、身体に如何に良いかはベストセラーの「しいたけ健康法」に書いてある通りだけれども、あの一つ一つの傘が木の幹と接する部分、詰まり柄の根元を切り集めて、これを燗をした酒に浸してその酒を呑むと、あれあれと言う間に精力が減退して、要するに——インポテンツになってしまうのだと言う。彼の友達に道楽者が居て、奥さんが可哀そうなので、この減精の秘法をその奥さんに教えたところ、道楽者の道楽がぴたりと止まって、大層感謝されたと言う。やってみてはどうかね、必要なら幾らでも椎茸の柄の根元を送ってあげるから、と言う話しだった。必要以上に健康になろうとは思わぬ程の健康を楽しみ、必要以上に減精しようと思わぬ程の精力を楽しんでいるこちらとしては、椎茸山の友達の親切は、面白い話しとして聞くだけで、受ける迄の事は無いと思ってお断りした。

いずれ少し暇になったら、椎茸を誰かに食べさせて体臭の問題を調べたり、椎茸の柄の元を燗酒に入れて呑んで、自分の体調の工合を調べたりしてみたいと思っているが、そんな暇は仲々来そうにない。そんな事を考えているうちに、だんだんこちらの身体が衰えて来て、椎茸エキスでも本気で呑まねばならぬようになるかも知れず、その方が心配である。

茸というものは、本来不思議である。茸の中では最も平凡なような椎茸でさえ、色々な不思議な要素を持っているらしい。

マンゴー

冬のさ中にフィリッピンに行く事になって、納《しま》い込んだ夏物の下着やシャツや背広を出して一着に及ぶと、羽田からマニラに飛んだ。僅か四時間の行程なのに、降りた滑走路にはぎらぎらと陽炎《かげろう》が立ち、眩しく仰ぐ青空には積乱雲の真白な塔が何本も立っていた。

空港からホテル迄の道路に面した白壁の家々にはブーゲンビリヤの紫紅色が燃え、街路樹の南洋素馨《そけい》の枇杷《びわ》に似た葉が点々と白い花を着けながらペーヴメントに蔭を作っている。

南の国に来ると、果物が楽しみである。忙しかったオーケストラの練習や打ち合わせの合い間に、果物は疲れを癒して呉れる最上のものだった。先ずパパイヤ。これは、一寸暖かい国に行けば何処にでもある。但し、これ程美味《うま》い不味《まず》いのある果物も無い。丁度今が季節的に最上の時で無かったせいか、今度の旅先きでは余り美味い品物には行き当たらなかった。マニラのパパイヤは大きいのだが固く、味も色も淡かった。僕の記憶では、最も美味なパパイヤを楽しんだのは、カンボディアだった。あの辺には、赤い果肉のパパイヤがあって、甘味が強く、果汁も豊かである。ハワイのものは、ホノルルでの精選されたための美味しさを思い出す。

パパイヤが余り美味しくなかった代りに、マンゴーは素晴らしかった。従って、毎食後も、練習の合い間にも、矢鱈にマンゴーを楽しんだ。マニラの街を歩いていると、方々の家の庭に大きく育ったマンゴーの樹が茂り、特徴のある長い葉を微風にそよがせている。この樹は漆《うるし》科で、登ったり触ったりするとかぶれる人が多い。実を取ろうとしてこの樹に登ったために、全身が赤くかぶれて蕁麻疹《じんましん》のように脹れ上がった在留邦人の子供をずっと前に矢張りマニラで見た事があって、それ以来、皮膚がかぶれやすい僕は、注意してこの樹の傍には行かないようにしている。

実にもかぶれる人があるが、多くの場合、熟した実は大丈夫である。但し、緑色の残った熟し切らない実にかぶりつくと大変な事になる。両頬から耳のあたり迄が脹れ上がって、どうしようも無い程の痒さに襲われる。僕は一度だけこの経験がある。熟し切った実は大丈夫だと言っても、この実の甘さをよく味わっていると、舌や口中が僅かだけれどもちくちくと痒い事に気付く。然し大した事は無いので、鈍感な人は気付かない。

かぶれるかぶれないは別としても、この実の果汁はべたべたと手に付着するので、この果物を出すホテルやレストランでは、食べ易いようにと色々な配慮をして呉れる。親切な店では、中の大きく平らな種子を残して、両側を皮付きの儘レンズ状にそぎ、そうして出来た二片の身に格子状にナイフを入れて、凸面になっている皮を押して凹面にする。そうして呉れると、身の方が幾つもの賽の目に盛り上がって、食べ易くなる。残った巨大な種子には、ナイフを槌で叩き込んで、ナイフを持てば、種子の周囲の果肉をしゃぶれるようにして呉れる。これはこうすると食べ易いという事と同時に、矢張り皮膚の弱い人がかぶれないようにする配慮だと思う。

マンゴーはタミール語の Mankay が語源で、man は樹木、kay は果実の事だと言う。漢字では菴摩羅、若しくは菴羅とも書き、もともとが東南アジアの原産である。パパイヤは蕃瓜、木瓜とも書き、この方はもともとは熱帯アメリカの原産であると言う。

日本では何故かぼけの事を木瓜と書くが、これはどうも戴《いただ》け無い。パパイヤの酒に虎の骨を漬けた中国の虎骨木瓜酒などを知っている僕にとっては、木瓜と書けばパパイヤを思ってしまう。パパイヤは、その形からしても、木の瓜の感じがする。ぼけの実は全く瓜とは似ても居ない。

この頃は、南方の果物が日本にも入って来て、上等な果物屋の店先きには、マンゴーも、パパイヤも、マンゴスティンも、ドリアンでさえ見掛けるようになった。然し、何とも滅茶々々に高価で、常識的な人は買わない。矢張り、当分の間は、マンゴーのように美味い果物は、南方に行った時だけにしか味わえないという事になるのだろう。

最後の晩餐

ミラノのサンタ・マリア・デレ・グラーチェ寺院に入って行くと、奥の一段下がった部屋に、レオナルド・ダ・ヴィンチの「最後の晩餐」が右側の壁一面に懸かっている。言う迄も無く、死の迫った事を知ったキリストが、十字架に懸かる前夜、十二人の弟子とともに別れの晩餐のテーブルに並んでいる画で、誰知らぬ者の無い名画である。

パンを割いて、これを自分の身体だと覚えるよう、葡萄酒を自分の血だと覚えるようにと弟子達に教えたのもこの席だし、十二人の弟子の中で自分を裏切る者が一人出る事を預言し、果して翌日ユダが裏切る事となったのもこの席である。

サンタ・マリア・デレ・グラーチェでこの絵の前に立つと、僕はいつもさまざまな事を思う。宗教的な事では無くて申し訳無いが、人は、計算してみると、八十歳迄生きたとして八万七千回程の食事をする。夕食だけにすると二万九千回。そして、誰でもが最後の晩餐を摂る事となる。病死の場合は病院の粗末な食事がそうなる場合もあるだろうし、衰弱の場合は吸い呑みからの一口のジュースになる場合もあるだろう。急死の場合は、それが家庭料理の場合もあるだろうし、中華料理や西洋料理の場合もあるだろう。然し、人が死ぬ迄食べ、死してからは食べない事を思うと、食べるという事は生きている証左になる訳で、従って最後の晩餐、若しくは最後の食事はえらく象徴的な時間だと言える。

最近、歌舞伎の坂東三津五郎さんが死んだ。三津五郎さんとは知り合いだったし、NHKのお料理番組や、「お料理社」主催の講習会で一緒にうどんを捏ねたり、鰹《かつお》のたたきを作ったりした事もある親しい食仲間だった。

三津五郎さんの最後の晩餐は河豚《ふぐ》料理だった。京都で芝居がはねてから「政」という料亭で三人の友達と河豚料理を楽しみ、友人が箸を付けなかった河豚の膽《きも》をその分迄含めて四人前を食べた結果、夜半にホテルで全身の麻痺が起こり、救急車で病院に運ばれてその儘絶命されたそうである。

河豚は、種類に依り、又、季節に依って、その皮膚、血、肝臓、又、卵巣に猛毒テトロドトキシンを含み、危険な食物である。昔から美味なために年々生命を落とす人が絶えず、芭蕉にさえ、あら何ともなや昨日は過ぎて河豚汁《ふくと》、という作があるし、関西では河豚ちりの事を「鉄ちり」と言い、その意は「鉄砲ちり」、詰まり〝当たる〟かも知れないちり鍋だと言う。そこで、法令が出来て、河豚の料理人は国家試験を受けて免許を得た者で無ければ庖丁を持てぬ事となっているが、その料理法その他に就いては地方条例だから全国まちまちで、河豚が美味でよく食べる九州の大分県などでは、肝臓のような危険な部分も食べて良い事になっている。僕もわざわざ別府迄行って経験のために膽を食べた事もあるけれども、生命がけで食べるような美味なものでは無いし、真逆《まさか》の事を思えば、食べる可きものであるとは思えない。残念な人もあるかも知れないが、全国的に禁止す可きものであろう。

三津五郎さんは、歌舞伎の世界で、故事に詳しく、その意味で本当に惜しい人であっただけに、何故、危険な膽を四人分も食べるなどという暴挙をされたのかと、残念でならない。その死を伝えた新聞記事に、食通という言葉が何度も出ていたが、食べたもので当たっては食通では無いのである。その意味で、三津五郎さんは最後の晩餐で通人の座を捨ててしまわれた訳で、その意味でもお気の毒であったと思う。通人というものは恰好の良いもので無くてはならない。河豚に当たって死ぬという事は最も恰好の悪い死に方である。通人の死に方では無いのである。故人を愛惜するだけに、僕は残念に思う。

六十九篇にわたって舌の上をぶらぶら散歩して来たこの書も、この篇でおしまいである。一緒に散歩して下さって有り難うございましたと申し上げたい。丁度最後の晩餐が最後の散歩になるのも何かの廻り合わせかも知れない。さようなら。どうぞ御元気で。

あとがき

食べ物の事を書いてある文章を読むのを僕は好きでない。好きでない理由は二つあって、その第一は、食べものを幾ら克明に記してみたところで、所詮それはそれだけの事で、〝食べる〟という実践、経験には及びようがないという事。丁度それは〝聴く〟目的のためにある音楽を、幾ら文章で説明してみても、所詮聴く事に及ばないのと似ている。食べ物は食べるためにある訳で、読むためにあるのでは無いから、どんなに食べ物の事を記した文章を読んでみたところで、お腹が一杯になる訳は無く、全く詰まらぬ事だと思う。

もう一つ。厭なのは、書いている人間が妙に通ぶった安っぽい態度をちらちらさせる事で、蕎麦は何町の何丁目の何々庵に限るといったような安っぽい通の意見などを読むと、馬鹿野郎奴、俺には俺の、人には一人々々の考えがあらあ、出直して来い、と怒りたくなるのである。

そうした二つの点があるに拘らず、〃食べる〃という事が、悲しいかな僕達の生命を維持する大切な行為である以上、セックスだとか、生とか、死とかと同じように、矢張り避けては通れず、避けて通れぬ対象であれば、どうしても筆の雫《しずく》となってしまう訳で、まあ、僕の嫌いな通とは異った角度から、そして、美味しさの儚《はか》ない説明に淫さないで、思い付く儘に散歩でもしようと思って、この本は出来た。食べ物に関した散歩だから、舌の上の散歩道という変な題を付けた。考えればグロテスクな題で可笑しい。

この各稿は、藤枝陸郎さんの主宰して居られた「お料理」という、今はもう無くなってしまった月刊の直販雑誌に、一九六八年の四月から一九七五年の三月にかけて、全く飛び飛びに、食欲が起こった時だけに連載したものを集めた。連載だったので、その時々の現在で文章は書かれていて、今から見ると時がずれているものも多く、直した方が良いと思われるものは直したけれども、もとの形を残した方が良いと思われるものはその儘にした。時の不統一があるのはそのためである。

さて、これでこの「散歩道」はおしまい。御馳走さまと言いたいところだが、読んだだけではお腹は一杯にならないからどうにも仕方が無い。

一九七六年初夏　横須賀市秋谷で

團　伊玖磨

解説

平松洋子

「食べ物の事を書いてある文章を読むのを僕は好きでない」（「あとがき」）と断言する当の本人が著した本書である。こうも書く。「食べ物は食べるためにある訳で、読むためにあるのでは無いから、どんなに食べ物の事を記した文章を読んでみたところで、お腹が一杯になる訳は無く、全く詰まらぬ事だと思う」。謙遜でも韜晦《とうかい》でもなく、本気でそう思っている節があるのだが、いやしかし、食について語ることは、おのずと自分という人間を披瀝すること。読者には大きな愉しみが差し出されている。

團伊玖磨は大正十三年生まれ、男爵家の血筋を引く作曲家、また、随筆家としても活躍した。一九六四年六月から三十七年にわたって続いた「アサヒグラフ」掲載の随筆「パイプのけむり」では、博識ぶりと文才を知らしめ、独自の存在感を発揮する。取り上げる話題は広範囲にわたり、ペンの運びは融通無碍《ゆうずうむげ》、ウィットに富む。ふかぶかと肘掛け椅子に身を沈めてパイプをくゆらせるイメージが憧憬を刺激する文化人でもあった。本書に収録された六十九篇を書き始めたのは、四十四歳のとき。この連載は、一九六八年四月から七五年三月にかけて七年間続き、「パイプのけむり」と並行して書かれていた。知己が主宰する直販雑誌での掲載だったから、限られた読者を想定して「全く飛び飛びに、食欲が起こった時だけに連載した」というずいぶん〝贅沢な〟仕事でもあった。そのぶん、筆の向くまま書き連ねていった風情があり、いってみれば「パイプのけむり」スピンオフ版でもあるだろうか。一種独特の「緩さ」が、むしろ人物像の輪郭を豊かに広げている。

四十代から五十代にかけての、食をめぐる心象風景のスケッチ。ばらばらに散らばったパズルのピースを連想させる六十九篇だが、あちこちに遠慮のない好悪の感情が顔をのぞかせ、生身の團伊玖磨が現れる。

考え方や好みに一本筋が通った気性は、とうぜん食べ物の見方にも反映されている。

「浜辺に落ちているごみのようなものだという先入感が強く、未だに、海藻を見ると、穢いと思い、あんな、ぬるぬるして小穢い半腐れのごみが食えるものかと怒るのである」(「海藻」)

「料理屋に招ばれたときに良く出て来る、所謂〝お造り〟というものも実に厭なものである。(中略)花の形に並べたり、姿作りにしたものが出て来ると、僕はどうして良いのか判らなくなる。何だか安っぽい飾り物を押し付けられているようで、結局、箸を動かさない事となる」(「お刺身」)

「日本やヨーロッパの果物は殆んど酸っぱい。蜜柑、林檎、葡萄、ああいう酸っぱさは、考えるだけでも鳥肌が立つ」(「果物」)

あからさまな感情の吐露に驚かされるのだが、駄々っ子のような正直さが本書の味わいどころ。嫌なものは嫌、頑固一徹だ。おなじ果物でも、パパイヤ、マンゴー、マンゴスティン、ドリアン、シュガー・アップルなどの熱帯果実には偏愛を隠さない。

こんな言説にもどきっとさせられる。

「蕎麦には先ず恐怖を持っている。(中略)一本一本の蕎麦は、よく見ると四角の断面を持っていて、その四角の角の部分が、嚥み下す時に食道を鋭利な刃物のように傷付けると言うのである。そして、消化してしまうまで、胃の中をも傷付けると言うのである」（「蕎麦」）

滑稽話として聞けばいいとしても、蕎麦という食べ物がうまいと思えない理由のひとつだと断じるので、笑うに笑えず、逆に、五官がもたらす感覚の不思議について考えてみたくなる。

作曲家としての仕事の背景を明かす文章も楽しい。たとえば、「鰯」。オペラや交響曲の作曲には「粘着力、持続力が問題となる」から、長時間机に齧《かじ》りつかなければならず、気分転換のための食べ物が必要になる。以前は金平糖や氷砂糖をがりがり齧るのが習慣だったけれど、糖分の摂りすぎが心配になり、あげく座持ちのいいするめに落ち着いた。よく焼いたのと、少しだけ火を通した柔らかいの、ふたつのするめを交互に齧りながら楽譜に向かっている姿を想像すると、そうとう可笑《おか》しい。そうか、オペラ「夕鶴」のなかにはするめの匂いが籠もっているのか。團伊玖磨の音楽が、聴く者の琴線に触れた理由に合点がゆく気がしてくる。

パズルのピースが嵌《は》まるたびに立ち上ってくる人間味、人間臭さ。しかも、そこに野生の気配が生まれるところに人物の奥行きを感じる。山菜に凝り、野草に惹かれ、屋根の上に八坪の畑を設けて野菜作りにいそしみ、いも類の自家栽培に意欲を燃やす。また、葉山の自宅のほかに仕事場を持ったのは八丈島で、島での暮らしを心待ちにした。こよなく愛するのは、季節を問わず緑の若葉を次々に出す自生の明日葉、島の名産くさや。行間から、リフレッシュ気分を超えた自然への畏敬の念が滲み出る。

あるいは、豚の耳から脚まで巧みに食べ尽くす沖縄のひとびとへの親しみと共感をあらわす。

「文明とはナイフ・フォークで物を食い、輸入ものの似合わぬ洋服を着て、うろうろする事では無いのである」（「パダン料理」）

このような洞察は、まだ外国旅行がきわめて難しかった時代、東南アジアやヨーロッパ各国を旅しながら培われたものだ。ヨーロッパでフォアグラ、香港で燕の巣、アメリカでTボーン・ステーキ……時代に先駆けて世界中の美味に舌鼓を打つのだが、けっしてグルメ自慢や蘊蓄の披露に傾かず、自身の味覚体験を人間と文化の探究へ広げてゆく。もちろん、その背景には戦時中のすさまじい空腹と飢餓の記憶もいっしょに貼りついている。

「アサヒグラフ」が休刊する二〇〇〇年まで三十七年、連載「パイプのけむり」全千八百四十二本を書き継いだ。二〇〇一年、つまり休刊の翌年、中国・蘇州で客死。七十七歳だった。いっぽう本書は、気の向くまま歩いた七年間の寄り道、散歩道。書斎でパイプをくゆらす姿とはひと味違う、鼻歌まじりに道ばたを歩く気さくな姿がゆらりと浮かび上がってとても親しい。

（ひらまつ・ようこ／エッセイスト）

小学館文庫
好評既刊

パイプのけむり選集
食

團伊玖磨

ISBN978-4-09-408390-3

童謡「ぞうさん」「花の街」、オペラ「ひかりごけ」「夕鶴」など多くの名曲を世に出した大作曲家のもう一つの顔は森羅万象を鮮やかな切り口で料理する名随筆家。一九六四年、東京オリンピックの年に雑誌連載で始まった『パイプのけむり』シリーズは三十七年の長きに渡って書き続けられた。日本はもちろんアジア、欧州、中東まで、幅広いエリアを舞台にした作品はまさに珠玉。本書はその中から「食」に関するものだけを厳選。「河豚」「螺汁」「ステュード・ビーフ」「北京烤鴨子」「海軍カレー」など。解説の壇ふみさんも絶賛する美味しいエッセイをぜひご賞味あれ！

本作品中には、今日の観点からみると差別的表現ととられかねない箇所がありますが、著者自身に差別的意図がないことや、執筆当時の時代背景、及び著者が故人であることを鑑み原文のままとしました。

―― 本書のプロフィール ――

本書は、一九七九年に朝日文庫から刊行された同名作品を修正、再編集を施し、文庫化した作品です。

小学館文庫

舌《した》の上《うえ》の散歩道《さんぽみち》

著者　團《だん》 伊玖磨《いくま》

二〇二二年五月十一日　初版第一刷発行

発行人　石川和男
発行所　株式会社 小学館
〒一〇一-八〇〇一
東京都千代田区一ツ橋二-三-一
電話　編集〇三-三二三〇-五一三八
　　　販売〇三-五二八一-三五五五
印刷所――凸版印刷株式会社

この文庫の詳しい内容はインターネットで24時間ご覧になれます。
小学館公式ホームページ　https://www.shogakukan.co.jp

ISBN978-4-09-407145-0